# EN MALA COMPAÑÍA

Juan Felipe Monsalve

*A Catalina, mi gran compañía*

*Ipseidad: la conciencia reflexiva del sí mismo.*
*La identidad del ser humano es fundamentalmente*
*una identidad narrativa, es decir,*
*una identidad que se constituye a través de los avatares*
*de una historia 1.*
*Paul Ricoeur*

*Si te sientes solo cuando estás a solas,*
*estás en mala compañía*
*Jean Paul Sartre*

1 (TOMADO DE ARTÍCULO: LA IPSEIDAD: SU IMPORTAN-
CIA EN LA PSICOPATOLOGÍA.


FRANÇOISE DASTUR. REVISTA UNIVERSITAS PHILOSOP-
HICA 64, AÑO 32. ENERO–JUNIO 2015).

## Capítulo I

## *Calamidad*

El celular de Zita vibró a las dos de la mañana. Entre sueños lo sintió. Estar aún medio dormida no fue impedimento para maldecir. Un lujo que solo podía darse cuando estaba sola.

—Chingada madre, cómo odio las llamadas a estas horas. ¡Maldito cargo!

En realidad, no estaba sola. Una confusión normal en alguien que pasa cuatro noches a la semana en hoteles. Joaquín, su esposo, se giró para darle la espalda, miró la hora en su celular y quedó profundamente dormido en tres segundos, antes de que la luz del aparato volviera a apagarse. Juraría que ni alcanzó a oír el insulto de Zita. Su reputación seguía intacta.

Salió del cuarto, caminó cuidadosamente por el pasillo para no tumbar alguna de las costosas esculturas, pensó en entrar a alguna de las habitaciones de sus inexistentes hijos, convertidas en estudios independientes para ella y su esposo; cruzó la biblioteca, el comedor y la sala y se dirigió al balcón, encendió la chimenea a gas y se sentó a hablar sin prestar atención a la hermosa vista a la ciudad. Si Joaquín siguiera despierto, habría notado que, luego de colgar, hizo una llamada muy breve. No hizo falta, ella se encargó de decírselo mientras buscaba cuidadosamente qué ropa ponerse:

—Amor, algo pasó con el avión de la compañía. Aún no es claro. Ya viene de regreso hacia la ciudad. Me pidieron ir al aeropuerto. No es prudente que vengas conmigo, ya llamé a Francisco. Es el protocolo. Él me va a acompañar, o más bien yo a él. Jerarquías.

Aún en la madrugada, el recorrido desde Interlomas hasta el aeropuerto de la ciudad de México es largo. La manía de los ricos y poderosos de vivir en los extramuros. El camino le sirvió para darse cuenta de lo desinformado que Francisco estaba de la situación. ¿Debería saber el presidente de una compañía quién utiliza su avión? ¿O, acaso, sería una señal de micro gerencia, es decir, ese vicio de los jefes de meterse en lo que ya no deberían, para no ocuparse de lo que sí es su tarea?

—Lamento platicarte que es Cristóbal quien está usando el avión hoy. Va a Boston. O iba. Ya no sé ni cómo decirlo. Era, es, la última semana de su formación en Harvard. Justo a tiempo para asumir tu puesto en un mes —le explicó Zita a Francisco, quien se quedó mirando hacia la nada a través del vidrio del auto. Igual lo hacía en el ventanal de la sala de juntas de su oficina cuando recibía malas noticias, en especial las inesperadas. ¿Estaba ahora en riesgo su jubilación?

—¿Por qué justo hoy? —terminó diciendo Francisco, aún con la mirada perdida en la calle casi vacía. Su mente viajó un año atrás al *reality show*, así lo llamaba él.

Después de más de doce años como presidente, Francisco estaba muy cerca de su edad de jubilación, y en la compañía las reglas aplicaban incluso para los presidentes. Esa había sido su instrucción casi desde el inicio de su mandato. Nunca pensó que el tiempo pasaría para él así de rápido. Alberto, el vicepresidente de gestión humana, le propuso elegir su sucesor mediante una especie de concurso interno. Francisco necesitaba un clon capaz de replicar su exitosa gestión. La Compañía se había multiplicado por diez en su tamaño y por veinte en sus utilidades. Ambos hicieron una primera identificación de personas internas que podrían calificar. Luego, tras una serie de pruebas y simulaciones, cerraron la lista a dos candidatos. José Luis, vicepresidente financiero, un ámbito de gestión claro y estresante, y Cristóbal, vicepresidente de operaciones. Un título de cargo al que le cabe cualquier responsabilidad que le quieran asignar.

Durante todo el año, José Luis y Cristóbal fueron la sombra de Francisco. Conocieron, muy en intimidad, su forma de pensar y decidir, accedieron a detalles de la compañía altamente confidenciales. Nada les estuvo vedado durante ese tiempo. Nada. Con toda esa libertad de movimiento e información sin restricciones, cada uno de ellos presentó a la junta directiva su propuesta para el futuro de la compañía. Su plan de gobierno, por decirlo de alguna manera. La junta hizo su elección final la noche anterior y Cristóbal fue el ungido. Muy temprano, el mismo día del accidente, se anunció el nombramiento de Cristóbal con bombos y platillos. Y desayuno, y rueda de prensa, y entrevistas fugaces con medios especializados. Una mañana muy atareada que culminó en un almuerzo tardío y extendido al que los mexicanos llaman comida, para celebrar con el equipo que, en unos días, empezaría a liderar. El resto de la tarde quiso un poco de soledad. Su elección fue la noticia del día. Su muerte sería la noticia del año.

¿Qué hace "La Compañía"? ¿Es un conglomerado importante del sector financiero? ¿Un "jugador relevante" en tecnologías de información? ¿El "más rentable" grupo industrial? ¿O la empresa de "más audiencia y asistencia" en el negocio del entretenimiento? ¿Todas las anteriores? Qué importa, todas las compañías grandes y antiguas son iguales, así se crean muy diferentes. Simplemente es un corporativo o *holding*, en inglés, para que suene más global. ¿Qué hacen los corporativos? Lo mismo que las demás: dinero. Solo que en el caso de ellos es más explícito, a través de sus inversiones y gobierno sobre otras empresas.

Al llegar al aeropuerto los condujeron a una zona especial de oficinas cerca de la torre de control. Los hicieron esperar por varios minutos. Mientras, Zita trataba de identificar en las pantallas si alguno de esos puntos en movimiento era el Gulfstream V, el lujoso avión corporativo. Ni siquiera sabía el número del vuelo, menos aún podía entender todos los símbolos de esa pantalla. Era su manera de distraer y alejar los malos pensamientos. Trataba de tener su mente en el presente. No venía al caso anticipar lo que vendría en los siguientes días y semanas, ni tampoco recordar los eventos que condujeron a la situación. Aquí y ahora era su mantra. Aunque era la experta en manejo de crisis en La Compañía, no era de piedra.

El licenciado Báez, funcionario de la Secretaría de Transporte, entró en la sala, saludó de abrazo a Francisco y de beso en la mejilla a Zita. Sin más preámbulos les anunció:

—A la una treinta de la madrugada el piloto anunció que debía regresar por un percance con un pasajero. En ese momento lo reportaron como inconsciente. Minutos antes nuestros sistemas registraron una pérdida importante de altitud en muy breve tiempo, sin embargo, luego se estabilizó y recuperó su nivel de crucero. Desafortunadamente, luego de nuestra plática telefónica, perdimos señal de la aeronave. Recién confirmamos que se ha estrellado en la zona selvática de la península de Yucatán. Licenciado Francisco, si usted está aquí presente me da señal de dos cosas, primera, que usted no iba en el vuelo, obviamente. Segundo, que había algún pasajero importante.

Zita cayó en estado de *shock*. Ni la más aventurada de sus conjeturas se acercaba a lo que estaba oyendo. Había manejado muchas crisis, pero esta la tocaba en lo personal. Abrazó a su jefe para que no la vieran soltar unas lágrimas, recuperó a medias su compostura, se sentó en una silla, puso sus brazos sobre sus piernas y mirando al piso se limitó a decir:

—Cristóbal de la Torre. Solo él. Era el único pasajero, además de la tripulación —dijo ella. Después de un silencio y ante la cara de sorpresa de Báez, continuó—. Sí, ese mismo que hoy anunciamos como nuevo presidente de La Compañía.

Tomó su celular y abrió el chat del comité ejecutivo, el equipo élite de ocho personas que lideraba la organización. Se quedó mirando la última foto enviada por Cristóbal a las once de la noche. Aparecía sentado en el avión con un whisky en la mano y una botella de colección especial. Leyó el mensaje de texto que la acompañaba:

Un whisky es la bandeja de salida de los problemas del día. Y en este caso, el inicio de muchos maravillosos problemas a resolver juntos como equipo. Gracias José Luis por este regalo. Tómate esta botella conmigo...

Zita se posicionó, ahora sí, en su cargo de vicepresidente de asuntos corporativos, un nombre raro que varía en su alcance de empresa a empresa. Para La Compañía incluía las relaciones con accionistas, sostenibilidad, cuidado de la reputación, comunicaciones externas e internas, relaciones con el Estado y con el resto del mundo, excepto clientes y proveedores. Habló unos segundos en privado con Francisco y regresó a la sala.

—Necesitamos un favor. Denos unas horas para anunciarlo. Por ahora, no haga referencia a Cristóbal ni a La Compañía. Hable de un pequeño avión ejecutivo, no entre en detalles. Utilice esas frases típicas: "lo estamos investigando", "todo se informará a su debido momento". Si me lo permite, puedo escribirlo yo —dijo Zita en un tono y postura nueva, como poseída por un espíritu corporativo.

La hora del accidente había sido propicia. Un par de horas antes y los titulares de prensa del día que iniciaba no hablarían del nombramiento sino de la muerte de Cristóbal. Zita preguntó al licenciado Báez por el protocolo a seguir.

—Lo primero es ubicar el lugar exacto del accidente. El huracán Manuel dificulta la operación. Podremos acceder, quizás, en un par de días. Luego, encontrar la caja negra y traer expertos de la empresa fabricante del avión. Mi hipótesis es que el piloto, en su afán de regresar, subestimó el impacto de la tormenta, pero no quiero anticipar la conclusión. La investigación se tomará un mes.

Muchos pensamientos se agolpaban en la mente de Zita. Debía avisar a la familia. Cristóbal se separó de su esposa desde que sus hijos terminaron la preparatoria y se fueron a estudiar al MIT. Usualmente aprovechaba los viajes a Boston para visitarlos. Y, ¿cómo dar la noticia en La Compañía? ¿Cómo lo tomaría la opinión pública? ¿Y los inversionistas? ¿Qué iba a pasar con el precio de las acciones? Todo dependería de su capacidad de liderazgo.

## Capítulo 11

## Fatalidad

La Compañía lamenta informar la sorpresiva y prematura muerte de nuestro recién nombrado presidente corporativo, Cristóbal de la Torre, ocurrida en un accidente aéreo en la madrugada del día de hoy, y extiende sus condolencias a todos sus familiares, en especial a sus dos hijos, Valentina y Simón.

Cristóbal acababa de llegar al punto máximo de su carrera profesional, con su nombramiento como nuestro futuro presidente ejecutivo, tras un largo y exitoso recorrido por diferentes cargos al interior y por fuera de La Compañía. Fue un líder que siempre generó admiración y respeto en todos sus colegas y subalternos. Nos deja su ejemplo y muchas enseñanzas para seguir creciendo como personas y compañía. Todos los empleados estamos profundamente consternados con su sorpresiva partida.

Agradecemos a la opinión pública sus mensajes de apoyo y queremos transmitir una voz de confianza a nuestros clientes, proveedores e inversionistas. Los planes que Cristóbal diseñó para nuestro futuro se convierten ahora en un legado que sabremos honrar. Seguir adelante con sus sueños será la mejor manera de mostrar que su muerte no fue en vano.

La Compañía ha dispuesto un equipo calificado de personas para estar en permanente colaboración y contacto con las autoridades competentes, y así poder aclarar las causas del accidente, ocurrido en medio del huracán Manuel que azota a la península de Yucatán.

La pequeña sala del aeropuerto Benito Juárez fue por un par de horas la sala de crisis de La Compañía. Desde allí Zita coordinó con la directora de comunicaciones los mensajes a enviar a los medios de información. Con su celular grabó a Francisco en un video dirigido a todos los empleados. No había tiempo para grandes preparativos o ediciones. También lo haría más creíble y cercano. Le preparó unas breves líneas y el resto fue improvisación. Ya era un experto (si hasta le decían Don Francisco). Zita, siguiendo las recomendaciones de Báez, programó su envío a las siete de la mañana a todos los celulares y correos electrónicos de La Compañía.

Francisco, desde la madrugada, avisó, con un mínimo titular, a todos los integrantes de su equipo y citó a una reunión urgente para las nueve de la mañana. Guadalupe, vicepresidente jurídico, se sentó en la cocina de su casa a anticipar la ruta de acción que le propondría a su jefe, mientras desayunaba y esporádicamente veía la televisión a la espera de la noticia. A las siete en punto de la mañana sintió vibrar su celular y no prestó atención, ya sabía de qué se trataba. Carlos Loret de Mola transmitía en directo desde Cancún para su noticiero en el Canal de las Estrellas. Las lluvias de la cola del huracán Manuel, degradado a categoría uno, aún eran fuertes. La devastación en la ciudad era evidente. El directivo pensó en su yate y casa de playa en Tulum. La suerte lo bendecía; los daños más fuertes parecían estar en el norte del Estado. Loret anunció una importante primicia para unos minutos más tarde, apenas confirmara totalmente la noticia. En otras palabras, apenas las mediciones de audiencia estuvieran en su punto máximo. El show había iniciado y sabía que Zita requeriría de ayuda más experimentada. Francisco ya se lo había solicitado en una llamada desde el aeropuerto apenas se confirmó el accidente. Se dio la bendición e invocó a su patrona, la virgen de Guadalupe, a quien debía, en parte, su nombre.

**Wey. Viste el mensaje que llegó a todos???**
**Que pedo se va a armar!!!!! Si ya hasta salió en el**

noticiero.

> **No güey. De que pedo me hablas. No veo correos**
> **ni leo noticias antes de llegar a la oficina. Me caga.**

**En qué mundo vives K. Por eso no vas a dejar**
**de ser un pinche analista. Cristóbal de la Torre se**
**mató anoche en un accidente aéreo.**

> **Quéééééééé. Neta güey? Ya estoy cerca. Allá**
> **hablamos.**

Miles de mensajes como este empezaron a circular desde las siete de la mañana. Los grupos de WhatsApp al interior de la empresa no hablaban de otra cosa. Llamadas. Búsquedas en Internet de la transmisión en vivo del noticiero. Si no fuera por el contenido de la noticia, en el negocio de telecomunicaciones de La Compañía estarían felices por el pico inesperado en el consumo de minutos y datos, y el aumento en los ingresos. Caras de sorpresa, confusión y tristeza rondaban por todo el edificio corporativo y los edificios de las empresas que hacían parte del conglomerado.

La agenda de reuniones de la mañana quedó cancelada (muchas de ellas ni siquiera eran necesarias). Solo lo estrictamente urgente y las actividades propias para la continuidad de las operaciones se mantenían. Cada líder se reunió con su equipo de trabajo y siguió el guion enviado por Zita. Uno: pasar el video de Francisco; dos: minuto de silencio; tres: recordar los principales logros de Cristóbal; cuatro: invitar a honrar su memoria entregando lo mejor de sus capacidades y contribuir al futuro de La Compañía (así lo hubiera querido él); cinco: abrir espacio (muy breve) de preguntas. Recomendación especial, no mencionar quién podría ser el nuevo presidente, para eso se reunirá la junta directiva en fecha por definir. Una solicitud final: informar a la vicepresidencia de gestión humana las reacciones y preguntas que llamen la atención.

Mientras esto sucedía, Francisco, ya en su oficina, se reunió con todo su equipo en la sala de juntas de presidencia. Visiblemente demacrado por el trasnocho y la magnitud del golpe, su cara llamaba a gritos la jubilación. Zita empezó resumiendo las novedades y poniendo al equipo en contexto de lo sucedido en la noche. Lucía impecable, a pesar de no haber dormido, ni pasado por su casa. Presentó un video rápidamente editado por su equipo con las imágenes de los noticieros y los encabezados de la prensa en Internet. Tenía un plan meticulosamente diseñado, por lo menos en sus titulares. En resumen: cinco días de duelo y exequias de presidente de Estado. Esto daría el tiempo para encontrar los restos y que los invitados especiales pudieran llegar de todo el mundo. Y a ella, para preparar cada mínimo detalle. Todos prestaban atención, excepto Guadalupe, que no dejaba de escribir en su celular.

—¿Qué sabemos del motivo del regreso de la aeronave? —preguntó Guadalupe sin dejar de mirar la pantalla.

—No mucho, el mensaje del piloto es confuso, se cuidan mucho de lo que dicen en cabina, saben que todo queda grabado —dijo Zita con evidente extrañeza, pues se había cuidado de no mencionarlo, tal como se lo había solicitado Francisco.

—Debemos cuidarnos que ese pequeño detalle no se filtre a los medios. No tan de prisa. Puede tener un impacto importante en nuestra reputación y levantar muchas suspicacias que desviarían la atención de lo principal: honrar la memoria de Cristóbal y que podamos pasar la página sin mucha afectación en nuestra imagen. Ha sido un duro momento para La Compañía, pero no debe definir nuestro presente y, menos aún, nuestro futuro.

Con estas palabras, y un cruce de miradas con Francisco, Guadalupe se aseguró su espacio en el plan de manejo de crisis.

En la hora de la comida, en todos los restaurantes cercanos al edificio principal de La Compañía, los empleados compartían los recuerdos y empezaban los rumores y especulaciones. Personas que un día atrás se sorprendían de la llegada de Cristóbal a la presidencia, ahora, con más reserva, lamentaban su partida. Unos criticaron su estilo fuerte de liderazgo, a veces brusco; otros, en cambio, lo reconocían como necesario. Su ego generaba odios y admiración. En el centro comercial vecino, Jacobo se sentó con sus habituales compañeras, Angélica e Ibeth. Al final de la comida, tomaron su postre favorito: confabularse y quejarse de la organización.

Jacobo había tenido la oportunidad, a lo largo del último año, de trabajar con José Luis y Cristóbal. Los apoyó con información y análisis para sus ideas de planes de gobierno. Gracias a su trabajo en el área de planeación y estrategia, conoció en detalle ambas propuestas. No era afecto a ninguno de los dos vicepresidentes; su naturaleza conspiradora y la información de la que disponía por su cargo, se lo impedía. Sin embargo, los proyectos de Cristóbal para la organización le dieron nuevas esperanzas. Una esperanza que, aunque pequeña, ahora se veía rota. Y no hay nada peor que acabar con las ilusiones de un escéptico.

Jacobo hizo toda su carrera laboral en La Compañía. Le debía todo lo que era y tenía. O así lo sentía. Trabajó medio tiempo mientras aún estudiaba ingeniería y luego se vinculó como analista en el área de planeación. Con el paso del tiempo, por los jefes que tuvo y los secretos organizacionales que conoció gracias a su cargo, la admiración pasó a desencanto, luego a resignación y ahora a indiferencia. Todo le resbalaba. Forrarse en teflón, le decía él.

Lo vivió antes en su casa: le debía a su padre lo que era y tenía. Fue su ídolo. De niño no le faltó nada, tampoco le sobraba. Su padre hizo, según sus posibilidades, lo mínimo necesario para que estuviera bien económica y emocionalmente. Jacobo tuvo un mayor nivel de estudios y resultó ser mucho más inteligente. Eso no siempre es bueno. Desde muy joven fue crítico, en silencio, de las inseguridades y la falta de ambición en la forma de actuar y pensar de su padre. Su ídolo se le había quedado pequeño. Era una mezcla de amor y vergüenza. Aprendió a que le resbalara.

Pensó en cambiarse de empresa, pero el salario, el prestigio de trabajar en el grupo económico más importante del país y la comodidad de tener su cargo dominado, le impedían dar ese paso. Más joven, creía que podría ayudar a un cambio desde su responsabilidad de proponer la estrategia de futuro para La Compañía. Cada año los ambiciosos planes se convertían en tristes realidades, los recortaban en alcance, presupuesto e innovación. Eran más de lo mismo, pero qué importaba, se seguían alcanzando las metas. Crecer y comprar negocios ya no le era atractivo. Se volvió crítico. Cristóbal para él era un ser ambiguo: por un lado, representaba eso en lo que ahora no creía; por otro, sentía en él una energía diferente: algo distinto lo impulsaba, parecía ir en contra de sí mismo.

—La propuesta de estrategia de José Luis era de continuidad con la gestión de Francisco. La de Cristóbal rompe totalmente con la historia de La Compañía y la suya propia, por eso me gusta, o me gustaba. Híjole, nunca pensé que llegaría a presidente con esas ideas. Y ahí van a quedar. En unas méndigas buenas ideas. *Just that.* Anoche soñé que yo estaba en el aeropuerto y esperaba su llegada. Intentaba armar un rompecabezas con la imagen de una carta escrita a mano, pero faltaban algunas piezas que no me dejaban entender el texto. Anunciaron la llegada del vuelo y al acercarme a la puerta de desembarque, es José Luis quien llega y a su lado viene Francisco. Me dice que Cristóbal no viajó —dijo Jacobo—. Se imaginarán mi susto cuando vi el mensaje de las siete de la mañana. El trono ha quedado vacante y la virreina ocupará su puesto. A menos que haya alguna sorpresa.

—Tú y tus rompecabezas. Francisco quería más a José Luis como su sucesor ¿Será que su muerte no fue un accidente? —preguntó Angélica con oculta emoción. Su trabajo en el área de seguridad de tecnología e información la llevaba a pensar mal como primera opción.

—No, para nada. Me gusta conspirar, pero ¿asesinatos en La Compañía?, ya sería demasiado. No hilaría tan fino. El mundo empresarial está lleno de luchas por el poder e intrigas, estrellar un avión para deshacerse de un altísimo ejecutivo es más del estilo de los políticos. ¿Recuerdan a Mouriño, el secretario de gobernación? Siempre he tenido dudas de su muerte.

Al terminar la comida, mientras hacían tiempo para regresar al edificio corporativo y recorrían el centro comercial vecino, Ibeth se retrasó respondiendo una llamada. Jacobo y Angélica seguían la conversación:

—Pensándolo bien, La Compañía es tan grande como un pequeño país y fiel reflejo de este México lindo y querido: tan cerca de la política y tan lejos de Dios. Todas las opciones son posibles en la muerte de Cristóbal —dijo Jacobo mientras miraba un rompecabezas en la vitrina de un almacén—. ¿Le dices a Ibeth que nos tomemos un café al final del día? Esta noticia seguramente tendrá novedades.

—O podemos buscarlas nosotros. Neta —murmuró Angélica sin que Jacobo pudiera escucharla.

Al final de la tarde Guadalupe ingresó a la oficina de Francisco. Zita salía luego de darle parte de novedad sobre la búsqueda del avión. Las lluvias empezaban a ceder y, según Báez, al día siguiente podrían entrar los escuadrones de búsqueda. Apenas se alejó Zita de la oficina, y sin mayor preámbulo, Guadalupe preguntó:

—¿Qué cree licenciado que sucedió dentro de la aeronave antes del incidente?

—Ese no es el tema ahora. Hay asuntos más importantes que cuidar. Cristóbal está muerto, hay tres víctimas, un avión destruido y una presidencia vacante. Si murió en el accidente o antes, no cambia nada. Empieza el proceso de reclamo con la aseguradora.

—El avión no era nuestro. Recuerde que seis meses atrás lo traspasamos a la empresa que usted creó para especializarla en viajes ejecutivos. Ahora es un problema menos para nosotros —dijo Guadalupe, que, con insistencia, volvió a los momentos previos al accidente—. Tengo alguna idea de lo que pudo pasar adentro. Es solo una suposición, prefiero por ahora no enredarle la mente.

—Preferiría que guardaras silencio. Te pago para yo no saber. Necesito que la organización mire hacia adelante y que el mundo mire hacia otro lado —sentenció finalmente Francisco y dio por terminada la reunión.

Guadalupe tenía un último as bajo la manga para contentar a su jefe:

—Licenciado, hemos establecido una donación de nuestro fondo de reserva para los damnificados del huracán. Necesitamos que la opinión pública y la gente de la zona se solidaricen con nosotros. Debemos lograr que la sociedad vea que sufrimos, y no lo platico por los vidrios rotos en nuestros hoteles y parques de Cancún, sino por una víctima, y una muy importante. Un presidente vale tanto o más que los muertos que este huracán haya causado. Simple valor agregado. El huracán es nuestro chance para salir fortalecidos. Definimos un viaje suyo y de algunos vicepresidentes a la zona para entregar un albergue y repartir ayudas. Somos una víctima que se sobrepone y ayuda a otros. Sublime.

En su oficina, Zita revisaba con Alberto, vicepresidente de gestión humana, el resultado del primer día de duelo. Los jefes no reportaron mayores novedades. No podría ser de otra forma, difícilmente en una empresa se habla de manera natural sobre la muerte de alguien, más aún con un guión de por medio. Contrario a lo esperado, *Yammer*, la red social interna, tuvo un movimiento inusual. Los intentos fallidos previos para impulsar su uso, ahora habían fructificado con esta fatalidad. «El morbo mueve las redes sociales», pensó Zita, son la válvula de escape de las emociones del ser humano, y, en especial, de sus instintos en momentos extremos. Los *hashtags* que se hicieron tendencia resumían el momento organizacional: #YahoraQuienPodraDefendernos, #GraciasCristobal, #CristobalPorSiempre, #NoLoPuedoCreer, #JoséLuisSi, #JoséLuisNo y hasta uno inmensamente sarcástico que evidenciaba la necesidad de desahogar la tensión: #DoblementeVictimasDeManuel.

—¿Qué piensas de todo esto? —preguntó Alberto

—La verdad, no he tenido tiempo para ser realmente yo. Solo para actuar con la máscara de vicepresidente de asuntos corporativos. Me siento como quien tiene la cruda posterior a la borrachera más emocionante de su vida. Con la elección de Cristóbal sentía que se abría otra etapa para La Compañía y para nosotros. Y sí, será otra etapa, pero no como la pensábamos. Creo que se van a marcar aún más las distancias y las diferencias. El cargo me obliga a ser neutral, pero no imagino al pendejo de José Luis de presidente. Supongo que así lo definirá la junta. Él fue el otro finalista del *reality*.

Zita se acercó al inmenso ventanal del piso 21 del edificio corporativo. El Olimpo. Así le decían en los pasillos. Pensó en un nombre más original. En muchas compañías es el nombre obvio para los dioses. Ninguno vino a su mente. ¿Cómo se llamaría su equivalente en mayas o aztecas? El centro comercial Santa Fe, justo al frente, estaba atestado de vehículos en fila que esperaban para entrar. Había iniciado el «buenfin», la versión mexicana extendida del *Black Friday* y justo en la antesala de su equivalente gringo. Una propuesta de La Compañía para que el dinero se gaste en México y no en su vecino del norte. Aunque sería un buen fin de semana para muchos negocios de La Compañía, era realmente el viernes más negro en su vida. Su amigo Cristóbal ahora estaba muerto.

Al final del día, Angélica, Jacobo e Ibeth se encontraron en un Starbucks cerca de la oficina. Luego de pedir los tres pequeños cafés más grandes y costosos del mercado, se sentaron a hablar de las novedades de la tarde.

—Neta, nunca me gustaría ser presidenta o vicepresidenta de una empresa, qué flojera —dijo Angélica—. Además del estrés, pierdes toda tu pinche privacidad. Cuando te asignan vehículo y celular de la empresa, quedas expuesto. Estás perdido. Todos tus movimientos e información quedan en los servidores. Firmas un otro sí al contrato de trabajo, que nunca lees. Te dicen que es por *habeas data* y te juran privacidad en el manejo de la información. Lo gacho es que hay una pequeña fisura para que, en momentos como este, podamos cruzar los límites de esa confidencialidad.

—Una forma muy sutil de decir que pueden espiarnos cuando quieran —dijo Ibeth

—Algo así, neta, pero no es para preocuparse. Con tanto bomberazo, nadie tiene mucho tiempo libre para estas búsquedas. Y creería que nadie en mi área recuerde ese permiso en el contrato —explicó Angélica apresurada pues tenía boletos para el cine—. En la tarde me di ese tiempo libre e hice mi propia investigación.

Ibeth y Jacobo la miraron sin asomo de sorpresa. Conocían bien su pasado como *hacker*. Angélica continuó:

—Le di una checada a la información del GPS del vehículo de Cristóbal y ayer, antes de dirigirse al aeropuerto, siguió una ruta algo errática. Neta. Revisando los tiempos, hizo tres paradas en su recorrido: el museo de los niños, una ciudadela industrial en Azcapotzalco y la zona rosa. Todos son muy cercanos a edificios o empresas de La Compañía. ¿A poco no es extraño?

—Lo raro sería que estacionaras lejos. En cualquier parte del país donde te pares, estarás a menos de cien metros de alguna propiedad de La Compañía. Pudo ser cualquier cosa, pasó a buscar un pantalón de la sastrería o llevarle tortillas a una tía enferma. Qué sé yo —dijo irónicamente Jacobo.

—Neta, es nuestra oportunidad para descubrir algo turbio. Un asesinato, un romance, un fraude, así sea un uso medio chafa de un activo, el vehículo, el avión. Cualquier cosa. Así, si no encontramos nada, no haremos el ridículo por crear una falsa alarma. ¡Qué chido! —gritó Angélica mientras levantaba las manos, sin que eso fuera suficiente para llamar la atención de las personas en el local.

—Conociéndote, ¿intentaste meterte en su celular?

—Aún no. Requerimos hacer un pinche trámite para que nos entreguen esa información —respondió Angélica sin notar el sarcasmo y el reconocimiento a sus habilidades—. De pelos que la empresa de telefonía celular es de La Compañía. En esta vida es mejor tener amigos que procesos. Si siguiéramos los conductos regulares se tomaría algunas semanas.

Angélica se despidió, ya se le hacía tarde. Ibeth y Jacobo se quedaron un rato más:

—¿Cómo tomó Zita la muerte de Cristóbal? —preguntó Jacobo—. Él hablaba muy bien de ella. Se habían vuelto muy cercanos.

—Es increíble. su tristeza es evidente, pero no pierde su rol. Con decirte que me pidió revisar las redes sociales de Cristóbal y hacer el cierre de ellas. Ver qué información podemos usar para su despedida digital. Es muy cuidadosa de los detalles. Ni se me había pasado por la cabeza que allí también hay que hacer honras fúnebres. A veces morimos físicamente, pero no digitalmente —dijo Ibeth.

—¿Crees que ayudaría si Angélica le da también una mirada a las redes sociales de Cristóbal? Podría ver algo diferente. Nada se pierde con hacer nuestra pequeña búsqueda —propuso Jacobo con un oculto entusiasmo e Ibeth aceptó a regañadientes.

*Manuel* pasó de tormenta a depresión tropical y tras cruzar la península de Yucatán amenazaba con tomar fuerza nuevamente en el Golfo de México. En Cancún ya era historia y empezaba la cuantificación del desastre. Zita recibió una llamada de Báez informándole de la llegada de los expertos de Gulfstream, el fabricante del avión, y su salida inmediata al lugar del accidente. También le confirmó los detalles de los últimos minutos antes del accidente. A la salida de territorio mexicano tuvo una pérdida importante de altitud, más de mil metros en menos de un minuto. Al recuperar su nivel y ser interrogado el piloto por la torre de control de Mérida, no fue específico en las causas. ¿Pérdida de presión en cabina? ¿Un rayo? Con tono de nerviosismo evidente, informó que su pasajero tenía un problema médico que debía ser atendido. Tampoco hizo la aclaración. ¿Un golpe?, ¿un desmayo?, ¿algo más grave? El regreso fue autorizado y se le indicó la ruta para evitar la tormenta. No la siguió a pesar de las alertas. Instantes después se perdió la comunicación. El avión finalmente se estrelló al intentar aterrizar en una pista abandonada por el narcotráfico en medio de la selva yucateca.

Con el paso de las horas, la noticia de la muerte de Cristóbal iba quedando más abajo en las páginas de Internet de los principales periódicos, y así sería hasta que encontraran los restos o se publicaran los resultados de las investigaciones. En un mundo tan efímero, quizás solo las noticias de deporte, farándula y desastres logran permanecer por más tiempo en los encabezados. Al interior de La Compañía fue igual. La normalidad regresaba, los correos se acumulaban, las urgencias del día a día hacían que las personas volvieran a sus pantallas, máquinas y pequeños mundos. Al final de cuentas, para ellos el presidente era una figura lejana. Y viceversa.

En la noche del lunes, cuarto día de duelo, Guadalupe llegó a su casa justo a tiempo para ver el noticiero de la noche. Desde la salida de López Dóriga de Televisa, se había pasado a TV Azteca con Javier Alatorre. Pensaba que era un error una mujer dirigiendo el noticiero más visto en el país. Algún día tomaría el valor de decírselo a Emilio (Azcárraga, por las dudas). No fue sorpresa ver las imágenes del hallazgo de los restos del avión. Agradeció que la noticia fue una más en medio del cubrimiento de los estragos del huracán. Asignaron más tiempo a la visita de ilustres miembros del comité ejecutivo de La Compañía para entregar una ayuda cuantiosa y visitar las zonas más afectadas. «Bien, Zita», pensó, «hacemos un buen equipo, así tú no sepas que trabajamos juntas. Tú consigues tiempo en los noticieros y yo diseño el espectáculo». De paso por la zona, Francisco, Zita, José Luis y Alberto se reunieron con los cuerpos de búsqueda del avión y recibieron algunas pertenencias de Cristóbal. Su cuerpo se encontró muy deteriorado, lógico resultado de un accidente aéreo, y debía ser resguardado para la investigación.

Al final del noticiero, Guadalupe se sirvió un whisky mientras repasaba en su celular los mensajes del grupo de WhatsApp del Comité. Se quedó un momento mirando la última foto enviada por Cristóbal. Leyó la frase que constantemente repetía Cristóbal: "Un whisky es la bandeja de salida de los problemas del día". Más que nunca la frase tomó sentido. Un escalofrío recorrió su cuerpo al recordar vívidamente la reunión donde la escuchó de Cristóbal por primera vez.

Con relación al accidente del avión corporativo ocurrido el jueves anterior, y en el que se desplazaba nuestro futuro presidente, Cristóbal de La Torre, La Compañía se permite informar que en el día de ayer las autoridades lograron acceder al lugar del siniestro. Para La Compañía es un momento doloroso e invita a sus colaboradores, aliados, socios de negocios y amigos a una misa que se realizará mañana, martes 19 de noviembre, a las cuatro de la tarde en la iglesia de San Agustín en la zona de Polanco.

La Compañía quiere honrar su memoria y para ello, a partir del día de hoy, nuestra Fundación, que lidera los programas de responsabilidad social y compromiso ambiental, cambia su nombre a Fundación Cristóbal de La Torre.

Click para hacer una donación.

Jacobo leyó el comunicado en su celular a primera hora del siguiente día y escribió en *"The insiders"* (traducción: los infiltrados, ser bilingüe es requisito para trabajar en La Compañía y hay palabras que en inglés suenan más interesantes), el grupo de WhatsApp que tenía con Ibeth y Angélica.

> Habló la Señora Compañía!!!! Me acabo de dar cuenta que estos comunicados parecen emitidos por un personaje con vida propia.

Angélica
Jajaja. Neta. Un personaje maquiavélico de hablar elegante.

Ibeth
Malditos. No se burlen de mi jefa. Es solo un estilo de redacción.

> ¿Zita es la señora compañía? Bueno saberlo

Ibeth
No! Si ella es buena onda! No se parecería en nada a ese personaje.

> ¿Entonces eres tú? Tú eres quien redacta esos comunicados. Y lo de buena onda...

Ibeth
¿Tres años de amigos y no sabes en qué trabajo? (cara triste). No todos en el área hacemos comunicados (tres caras de molestia).

> Que pex. ¿Algo interesante en las redes sociales de Cristóbal? ¿Cuándo nos vemos?

Ibeth
A la salida de la iglesia? ¿Van a ir? Es la iglesia donde está la imagen milagrosa de San Charbel.

Angélica
Milagroso sí. Hará que yo entre a una iglesia. Neta.

> Tengo algo que quiero mostrarles. Perdón Angélica, debes estar pensando que no debemos ser muy explícitos por aquí.

Angélica se rió sin publicarlo. Una risa nerviosa le hizo

pensar en qué forma deberían comunicarse.

## *Capítulo III*

## *Fragilidad*

El sueño de Zita de unas «exequias de presidente de Estado» no fue una metáfora. El mismísimo y excelentísimo presidente de la república estuvo presente, los embajadores de todos los países donde La Compañía tiene sedes, y los gobernadores de los estados con fábricas o centros de distribución (en todos, excepto en el siempre olvidado Chiapas). Allí estuvieron los presidentes de las principales empresas mexicanas competidoras de La Compañía y algunos de las multinacionales globales más reconocidas. Y ni que decir de figuras de la farándula (que trabajaban en los canales de televisión abierta y de paga de La Compañía), deportistas (del equipo de fútbol de La Compañía o atletas patrocinados por ella), políticos y, por supuesto, su ex esposa, hijos, los directivos de los principales negocios y todo aquel que se sintiera con el derecho, el deseo o el morbo de asistir.

Polanco estaba colapsado. Muchas vías habían sido cerradas. Caminar por la calle de Homero, peatonal por unas horas, era toda una odisea. La iglesia solo dio abasto para los principales invitados. Se organizaron filas especiales para que el resto de personas pudieran pasar unos segundos al frente de un ataúd vacío y sellado, aunque nadie lo sabía. La imagen ante todo. Desde la muerte de Juan Gabriel no había en la ciudad de México una velación con tanto público. El impacto de ser presidente de La Compañía por un día. Dime qué cargo tienes y te diré cuántas personas van a tu entierro. No todas con caras tristes. El de Cristóbal parecía más un coctel de negocios o la alfombra roja de un gran evento social.

Angélica, Ibeth y Jacobo claramente no hacían parte de los invitados especiales. «No hay como un muerto para unir a la gente», pensó Jacobo parafraseando a uno de sus detectives favoritos. Pasaron por la fila comunal frente al féretro y se aseguraron de ser vistos por sus jefes. Liberados ya de su responsabilidad (una de esas que nunca aparecen en un manual de funciones) se sentaron en «otro lugar de la mancha», una librería—café cercana, que era el escondite de Jacobo donde iba a leer las novelas negras y policíacas a las que era aficionado. Un buen lugar para sentirse el protagonista de una novela que, quizás, algún día se animaría a escribir. ¿Y si hubo un asesinato? Una crónica roja en el mundo organizacional demostraría que por las venas de los ejecutivos, y de las empresas, corre sangre: un gran hallazgo. La sola sospecha ameritaba una búsqueda y un relato. Jacobo les preguntó qué habían encontrado en redes sociales, y Angélica tomó la palabra sin siquiera mirar a Ibeth:

—Fíjate que hubiera esperado algo más *creepy*. Cristóbal es como tú en redes sociales, neta, un par de rucos que *postean* muy poco. Me llamó la atención que no tiene Facebook pero sí Instagram. Y su LinkedIn es absolutamente corporativo. Da hueva. No dice nada raro.

—¿Qué crees? Yo administro su cuenta —interrumpió Ibeth—. Por eso no dice nada extraño. Desde el área de comunicaciones controlamos las cuentas de LinkedIn del comité ejecutivo. Es cierto, son de lo más aburridor que existe. Puras babosadas de marketing corporativo: noticias positivas sobre La Compañía, nuevos productos y artículos que los hagan lucir actualizados en sus temas.

—Lo más chido lo encontré en Instagram —continuó Angélica sin prestar atención a Ibeth y su justificación—. Allí tampoco es muy activo. Neta. *Posts* de paisajes en sus viajes de trabajo, otras con sus hijos visitándolos en Boston y algunas suyas en eventos de La Compañía. Nada extraño hasta el día de su ascenso al cielo corporativo e inmediata caída. Híjole el madrazo que se dio. Es raro que haga varias publicaciones en un mismo día, pero para que Jacobo no me haga bronca, podría suponer que es normal por su nombramiento.

—Ibeth, ¿en el área de comunicaciones también administran las cuentas de Instagram del comité ejecutivo? —preguntó Jacobo.

—No. Esas cuentas son personales. Existen recomendaciones de qué publicar y qué no —dijo ella y comenzó a recitar imitando a Zita—: restaurantes, pero no antros o discotecas. Celebraciones sin excesos. Que la foto no ponga en riesgo su reputación o la de La Compañía. Una foto inadecuada puede dejarlos sin trabajo. Un desafortunado y muy inoportuno video, de una bacanal en un yate en la convención comercial le costó la chamba al presidente de nuestro banco. *#estohacenconnuestrosahorros* fue tendencia en Twitter. Fue el mismo Cristóbal quien más insistió en su despido.

—Neta de las netas, es de la fregada ser uno de esos cargos altos. Déjenme continuar que aún falta lo más importante —dijo Angélica poniendo tono de misterio—. Cristóbal hizo varios *posts* en el recorrido que hace entre el edificio corporativo y el aeropuerto. Casi todos coinciden con las paradas que señaló el GPS del vehículo. ¿A poco no les parece extraño? Aunque sea tantito.

—¡No, a mí no! Sé lo que sigue —interrumpió Ibeth con evidente molestia—. Conozco las publicaciones que hizo. Es mi obligación. ¡Que me despidan si no lo supiera! Es su declaración de principios. No veo más allá que eso. Tengo aún en mi agenda una reunión con él para el once de diciembre. Asunto: nuevos principios de La Compañía.

Mientras ellas discutían, Jacobo tomó el celular de Ibeth y dio una mirada rápida a las publicaciones.

—Sí, conocí esas palabras, fue uno de los últimos ajustes a su plan estratégico. Pero, ¿a poco no son iguales los principios en todas las empresas? No les presté mucha atención, aunque él tenía mucho entusiasmo por ellos —dijo Jacobo mientras buscaba su celular—. Ahora, volviéndolas a mirar, debo reconocer que son diferentes.

—En cada una de las cuatro palabras, principios, valores, o lo que sea, hace unas preguntas, así que yo voy a seguir su juego. Neta.

—Yo igual debo continuar. Aún tengo pendiente la tarea que Zita me solicitó de cerrar las redes sociales de Cristóbal. Luego podemos ver juntas su Instagram —propuso Ibeth.

Jacobo, quien continuaba buscando algo en su celular, miró a Angélica y le preguntó:

—¿Un contacto en LinkedIn puede robar tu información o pasarte un virus?

—Creería que no al momento de aceptarlo, pero quizás si haces contacto con él con un archivo o un link a algún sitio en Internet.

—Bien decías ahora que soy ruco, no de edad pero sí de espíritu tecnológico. Soy medio güey —dijo Jacobo—. Un par de noches atrás estuve revisando mis redes sociales, y en LinkedIn tenía un mensaje de un contacto que acepté hace apenas unos pocos días. Por la empresa en la que trabaja, parecía ser un *head hunter,* esos cazadores de talentos a la búsqueda de mercenarios laborales que cambian fácil de empresa. No soy uno de esos. Me dio susto abrirlo, y quise borrarlo.

—Neta, deja de dar tanta pinche vuelta y déjame checar tu celular. ¡Qué choro mareador! —dijo Angélica, sin dejar explicar a Jacobo su prevención.

—¿De quién es la cuenta? Yo puedo mirarla en detalle. Soy la *community manager* de La Compañía, algo que aún no has podido aprender —dijo Ibeth, aún molesta por la falta de interés de Jacobo sobre su trabajo.

—¡No mames, sé bien qué haces! Otro pedo es que no entienda eso que significa —dijo Jacobo, mientras Angélica ahora tenía dos celulares en sus manos.

—El mensaje es de alguien llamado Denis Jacques. Trabaja en una consultora llamada Kilpatrick —dijo Angélica luego de verificar en Internet la existencia de la empresa—. Lo extraño es que eres el único contacto que tiene en su red. No lo encuentro en Facebook o Instagram, puede ser un pinche antisocial igual que tú.

Angélica tenía mirada de concentración y sonrisa de disfrute. Su instinto *hacker* la había poseído. No contaba con su computador y dispositivos especializados, aun así se arriesgó a entrar en el mensaje que Denis le había enviado a Jacobo, quien la miraba con asombro. Habló sin dejar de teclear y mirar la pantalla del celular:

—El mensaje no tiene ningún hipervínculo, por ahora no pretende robar tu identidad o información, pero no es ninguna oferta de chamba. Busca tu ayuda para una investigación que puede ayudar al futuro de La Compañía, pero dice que nadie puede enterarse por el riesgo que representa. Finalmente ofrece disculpas por involucrarte. Si no le respondes este mensaje, entenderá que no quieres participar.

—¿Y por qué te eligió a ti? —preguntó Ibeth— Déjalo así. No suena bien.

—Lo único que me late es por mi trabajo en estrategia. Es muy casual que sea justo después de su muerte. Me aburren las casualidades. No anticipa nada bueno. ¿Qué hago?, ¿le doy el avión y no le respondo?

—Demasiado tarde, neta. Ya le contesté. Estás encantado de poder ayudar —dijo Angélica levantando las manos en señal de victoria.

—¡Angélica, pero cómo se te ocurre. Me estás poniendo en riesgo. No mides las consecuencias de tus actos! —dijo enfáticamente Jacobo, apenas levantando la voz para no ser escuchado en las mesas vecinas.

—Qué hueva, piensas demasiado. ¿A poco tú no querías?

—Ojalá nunca llegue ese nuevo mensaje. Déjenme, yo me encargo solo de esto.

—Ni lo pienses, yo respondí por ti porque podría tener relación con la muerte de Cristóbal. Además, me necesitarás por tu incompetencia tecnológica —dijo Angélica con su suspicacia habitual.

—No lo había pensado. Me cae que el mensaje es de alguien de adentro. Y fue enviado la misma noche del accidente. Quisiera sentir que algo le debo a Cristóbal, pero no lo veo así. Primero pienso en mí y en mi instinto de conservación. Donde hay un asesinato puede haber dos, el temor no es por perder mi puesto, sino por perder mi vida. Recuerdo la carta que había en mi sueño y las piezas que le faltaban. Mi inconsciente parece decir que hay algo más.

Jacobo fue a pagar la cuenta. Se quedó mirando la fotografía en blanco y negro de una inmensa caja: una góndola pasa por debajo de un vetusto puente en un pequeño canal de Venecia, al fondo, una serie de edificios igual de deteriorados dan paso a un canal más amplio y concurrido. Tenía su nuevo rompecabezas. Al regresar a la mesa, como si fuera una reunión de trabajo, resumió los acuerdos hechos: Angélica e Ibeth se enfocarían en las publicaciones de Instagram, siguiendo la secuencia de publicación y la ruta del vehículo. Jacobo esperaría noticias de Denis y Angélica lo apoyaría, si él lo veía necesario. Solo le faltó definirle indicadores y dejar un acta.

Ibeth se quedó pensando en lo dicho por Angélica y por qué esas publicaciones de Cristóbal no se habían difundido internamente de manera amplia. Sabía que él no tenía muchos seguidores en Instagram, ni dentro, ni fuera de La Compañía. Desconocía si había una estrategia detrás de esa tímida difusión realizada por una red social no administrada desde la organización. ¿Quería Cristóbal mayor independencia en el manejo de sus redes? ¿Quería retar la curiosidad de las personas de la organización? ¿Era una manera de ganar más seguidores? ¿Sería Zita consciente de esa estrategia? ¿Por qué no se lo dijo? Muchas preguntas pasaron por la mente de Ibeth. Volvió a leer la publicación hecha por Cristóbal en su primera parada:

Imagen: selfi de Cristóbal con un vehículo espacial para la exploración de la superficie lunar o de planetas.

CURIOSIDAD: "Por aquí, de cualquier manera, no miramos hacia atrás por mucho tiempo. Caminamos hacia el futuro, abriendo nuevas puertas y haciendo nuevas cosas, porque somos curiosos… y la curiosidad sigue conduciéndonos por nuevos caminos". Walt Disney

Esta es una réplica de la sonda Curiosity en la exposición itinerante que La Compañía ha donado al Papalote. Museo del niño de la ciudad de México. Estará dos meses y luego iniciará un recorrido por diferentes ciudades. Muchos de los componentes de la sonda y los dispositivos que la llevaron hasta Marte fueron fabricados en plantas de nuestra División aeroespacial. Ojalá nunca perdamos la curiosidad que tienen los niños y su capacidad de hacer preguntas diferentes. Empezando por la más subversiva y sencilla de todas ¿Por qué?

Otra publicación. Selfi de Cristóbal, parecía estar caminando sobre la superficie de Marte. Montaje sobre una panorámica del Monte Sharp tomada por Curiosity el 9 de septiembre de 2015.

Que el desierto al frente y las cumbres desconocidas no sean un impedimento para emprender el camino. El error es una caída necesaria para avanzar. El aprendizaje es la cicatriz. ´Una vez conocidos los detalles de la victoria, es difícil diferenciarla de una derrota ´ ¿Cuáles son los principales desiertos y las cumbres desconocidas que tenemos al frente como Compañía? ¿Cuáles son las principales victorias que, al final, fueron fracasos?

Angélica e Ibeth habían leído varias veces las preguntas que planteaba Cristóbal. No lograban ponerse de acuerdo en sus posibles significados y menos aún en sus respuestas. La Compañía no hablaba de sus errores, y no es que no los tuviera. Estaba llena de historias que se habían transmitido a lo largo del tiempo, de héroes admirables e invencibles, que siempre sabían qué hacer. La eficiencia y el control eran una religión que todos seguían por herencia, más no por reflexión personal. En su lugar había genuflexión. El error era pecado, el riesgo un sacrilegio y salirse de la norma daba excomunión. Sí, La Compañía podría llegar a ser una secta.

Ibeth vio de otra manera las publicaciones de Cristóbal y decidió dar un paso arriesgado. Lo usual sería pedir la aprobación de Zita, su jefa. Así el sacrilegio se vuelve un pecado venial. Sería un riesgo calculado: esas acciones conocidas y programadas que, después de muchos análisis y planeación, toman las empresas para decir que asumen riesgos. Sin embargo, su jefa estaba muy ocupada en otros temas y sabía que ella lo autorizaría. Solo lo consultó con Jacobo. Publicó en la red social interna:

> En homenaje a Cristóbal de la Torre, compartiremos sus últimas publicaciones en redes sociales. A manera de legado, nos propuso cuatro principios que él quería convertir en el marco de su gestión como Presidente de La Compañía. El primero nos habla de la Curiosidad. Esperamos sus opiniones.

El cálculo del riesgo también estuvo en el número de posibles respuestas a la publicación. La Compañía tenía casi un millón de empleados en todo el mundo, sumando todas las empresas que hacían parte de ella. El pensamiento más optimista de Ibeth llegaba a cien mil «me gusta» y máximo diez mil comentarios. Muy lejos de lo que podría generar cualquier influenciador en las redes. Muy lejos de convertirse en una marcha.

A pesar de múltiples «expertos» que hoy hay en mercadeo digital, aún no es claro qué hace que un mensaje se viralice y otros no. ¿Un influenciador que comenta? ¿Una imagen sugestiva? ¿Una frase sonora en el momento correcto? Todas las anteriores. Ninguna. El inocente homenaje de Ibeth se viralizó en un par de días por toda La Compañía, solo comparable con la expansión misma que La Compañía había tenido en los últimos años por el mundo. Hubo comentarios de países donde operaban, que seguramente no han sido visitados por nadie del corporativo y difícilmente serían capaces de ubicarlos en un mapa.

Comentarios de acuerdo, desacuerdo, ironía, victimización, crítica o queja. Todas las emociones humanas puestas en palabras, memes y *gifs*. Más de cien mil comentarios se agrupaban en bandos marcados. El primero, los escépticos: pensaban que nada hubiera cambiado con

Cristóbal o con cualquier otro. Era no solo el de más respuestas, sino en el que seguramente encajaban las novecientas mil personas que no habían opinado. Otros dos bandos llamaban la atención, uno a favor de Cristóbal y sus propuestas revolucionarias, así las intuían sin conocerlas en detalle. Tenían la esperanza de un cambio. ¿De qué y hacia qué? No importaba. Querían salir de un letargo, una incomodidad o un exceso de comodidad. El otro bando, el reaccionario: admiraban a Francisco y deseaban su continuidad, en cuerpo propio o ajeno. Aquellos que se habían beneficiado de su mandato y compartían su estilo y sus prácticas.

La Compañía quería volver a su normalidad aparente. El comité ejecutivo estaba en una de sus aburridoras y tensas reuniones semanales. Guadalupe recibió una llamada, hizo gestos de su imposibilidad de evitarla y salió con prisa de la sala. El ánimo de nadie estaba para mirar resultados o proyecciones, pero ninguno era capaz de decirlo. Ya había pasado una semana desde el accidente y era la época crítica para tomar las acciones urgentes que permitieran cumplir los resultados del año. Parecían zombis mirando una pantalla de Power Point. La imagen podría mostrar la inminente quiebra de cualquiera de los negocios y nadie siquiera lo notaría, incluido quien la estuviera presentando.

Al regresar a la sala de juntas, les hizo señas a Francisco y Zita. Salieron por un instante de la reunión y pasaron a la oficina de Francisco, a un costado de la sala. Acababa de recibir información de un contacto en la Procuraduría General de la República anticipándole los resultados de los exámenes realizados en los restos de Cristóbal. Había trazas de cianuro en el cuerpo. Aunque le aclaró que no necesariamente implicaba un asesinato. En catástrofes aéreas, por la conflagración que se genera y los materiales con los que se fabrican las sillas (posiblemente en una fábrica de La Compañía), se puede generar cianuro en el humo de la combustión. Ya había casos documentados al respecto. Mientras llegaban los resultados de la caja negra del avión con las voces en cabina, se abrían dos líneas de investigación por la muerte de Cristóbal: había consumido cianuro por vía oral durante el vuelo, y por eso el mensaje confuso del piloto y la decisión de regresar, o lo había inhalado posterior al accidente y esto causó su muerte, unido a las fracturas y laceraciones resultantes del impacto.

Escuchando a Guadalupe, Zita recreó el momento final de Cristóbal. Se imaginó su angustia en medio de la tormenta. Ella conocía su miedo a volar y la necesidad de tomarse un whisky para calmar los nervios. Pensó en el desespero del piloto, en el avión golpeado ferozmente por la lluvia buscando la pequeña pista iluminada por los relámpagos del huracán degradado. Sintió cómo se fracturaba el fuselaje en el momento justo en que tocaba tierra y empezaba a desbaratarse mientras avanzaba fuera de control por la pista. Se estremeció viendo el cuerpo de Cristóbal dando tumbos mientras se golpeaba a cientos de kilómetros por hora con los objetos sueltos en la cabina moviéndose aleatoriamente a la misma velocidad. Aunque recordó que, según las menciones de Báez, podría ir inconsciente, o incluso muerto, eso no la hizo sentir mejor. Se echó a llorar sin control frente a Guadalupe y Francisco. Rápidamente se dirigió al baño y, ya en privado, vomitó en el sanitario y se sentó en el piso a llorar desconsoladamente.

Mientras, Francisco le hablaba a Zita desde el otro lado de la puerta, intentando calmarla. Guadalupe permaneció sentado en la silla. Envió un mensaje por chat al equipo diciéndoles que la reunión había terminado y regresó a la foto del whisky enviada por Cristóbal.

Las reuniones del comité ejecutivo solían ser un campo de batalla. Un desfile de ego. Una hoguera de vanidades. No era para menos, allí se decide el futuro de una sociedad y no solo del millón de personas que trabajan para ellos. Cualquier decisión que se tome en esa mesa puede tener impacto social o económico en todo un país. En muchos países. Pero quizás ellos ni eran conscientes del tamaño de su responsabilidad social, mas sí de los ingresos y utilidades. Un año atrás, en esa misma sala tuvieron una de las reuniones más acaloradas de las que recuerde Guadalupe. Aún no se había definido la dupla que pasaría a la ronda final del *reality*, todos buscaban mostrarse. Para vender hay que mostrar, dice una premisa típica de las áreas comerciales. El jurado grababa en video de manera aleatoria y confidencial algunas de las reuniones del comité para después tenerlas en cuenta en el proceso de decisión. La sesión se había alargado más de lo acostumbrado. La noche avanzaba y con ello el cansancio y la irascibilidad. Después de seis horas discutiendo el presupuesto del siguiente año y cuando estaba a punto de ser aprobado, Cristóbal dijo:

—Esta mierda es igual cada año. No importa el número que acordemos, igual lo cumplimos, o incumplimos, por un margen muy corto. ¿Será que somos así de chingones definiendo metas y presupuestos? Tantas empresas, tantos sectores industriales, tantas variables que creemos controlar y, por arte de magia, llega el gol de último minuto para cumplir con el número definido. Es más suerte o conformismo que gestión. ¿Por qué tanto desgaste para definir el número? La gente cumplirá cualquier meta que fijemos.

José Luis se tomó este mensaje como una burla o una crítica a su trabajo. Solo el ánimo conciliador de Zita y Francisco logró evitar que se generara una verdadera pelea. Cristóbal, queriendo bajar la temperatura que él había subido, se acercó al mueble de madera en la pared de la sala, tomó un par de vasos y una botella de whisky doce años. Se sentó nuevamente en la mesa, le sirvió primero a José Luis y luego uno para sí mismo. Invitó a todos a buscar un vaso y dijo:

—Ha sido un día difícil y una reunión extensa. Un whisky es la bandeja de salida de todos los problemas del día. Salud.

—Salud —respondieron los pocos que se unieron a la invitación.

—Espero que algún día no te caiga un virus en esa bandeja de salida y sea tú último trago —dijo en voz muy baja José Luis. Únicamente Guadalupe lo escuchó y una ranchera vino a su cabeza: «la distancia entre los dos, es cada día más grande».

Esa fue la primera vez de muchas que Guadalupe escuchó a Cristóbal decir esa frase, para luego servirse un whisky al final de las reuniones de Comité. Siempre miraba a José Luis para ver su reacción de fastidio.

Zita salió del baño después de recomponer su maquillaje y postura. Guadalupe volvió al presente con una sonrisa maliciosa y otra ranchera en su mente. Francisco, mirando por la ventana, les preguntó:

—¿Cristóbal fue asesinado?

Se hizo un silencio largo y pesado. Es posible que ni hubieran escuchado la pregunta. O era mejor quedarse callado antes de dar cualquier respuesta de la que no estuvieran absolutamente seguros. En sus cargos se actuaba sobre certezas, nunca desde supuestos.

## *Capítulo IV*

## *Caducidad*

Jacobo hizo día de teletrabajo: ese invento organizacional para que los empleados se queden en su casa, lo dediquen a temas personales y atiendan una que otra teleconferencia para fingir que trabajaron. Su recién adquirida paranoia lo llevó a no conectarse a Internet en su oficina, ni siquiera usar el computador de dotación, sino el suyo personal.

El primer mensaje de Denis Jacques llegó en LinkedIn, «lo que empieza mal, termina mal», y remitía a un documento interno de La Compañía recordando, dos años atrás, la compra del Gulfstream V, el avión ahora accidentado. El argumento de Francisco para justificar la compra de un avión más costoso que reemplazara al viejo Learjet 45 se centraba en que estaría a disposición, no solo suya, sino de todo su comité ejecutivo. Esto permitiría un mayor uso, menor costo por trayecto, menos gastos en viajes en clase ejecutiva y primera clase, y mayor flexibilidad de horario para programar sus vuelos. Y ni que decir de la posibilidad de una mejor utilización del tiempo de viaje con las comodidades para trabajar que permitía la nueva aeronave. Todo sea por la productividad. Adicionó dos argumentos ambientales: menor consumo de combustible y menos ruido.

Los archivos incluían las cotizaciones previas a la compra, los contratos con la empresa elegida, el itinerario de todos los viajes realizados por el avión, sus ocupantes y destinos y el contrato de venta, de apenas unos meses atrás, para que el avión pasara a ser administrado por una nueva empresa de viajes corporativos creada por La Compañía dentro de su unidad de negocios de turismo. Lo primero en llamar la atención de Jacobo fueron fotos al interior del avión. Una imagen dice más que mil hojas de Excel. Un protagonista en común en la mayoría de las fotografías: José Luis.

En muchas de ellas aparecía trabajando en el avión con otros miembros del Comité. Normal. En otras con su familia, en una evidente contravención a las políticas corporativas; salvo que se aprovechara un viaje de trabajo y contara con la autorización de Francisco, era una prestación no formal que él daba un par de veces al año, en agradecimiento (o disculpa) a las familias de su equipo por su sacrificio. Francisco se interesaba por su equipo, no se le puede negar. En otras, más comprometedoras, aparecía José Luis con los proveedores y clientes más importantes, con botellas de licor y en poses no muy laborales y con lo que a primera vista podría confundirse con prostitutas, pero, que en el lenguaje de negocios, llamarían contratistas de un servicio de acompañantes. El registro en la contabilidad se asociaba a una factura de servicios de «modelos de protocolo» de una empresa que no era de La Compañía, quizás la única a lo largo de esta historia.

Angélica finalmente se ganó su espacio en la investigación, después de recordarle a Jacobo sus credenciales como hacker ético al servicio de una importante empresa de consultoría en tecnología. Usó sus habilidades y contactos para una rápida búsqueda en información personal y bancaria de José Luis. Tras la compra del avión, hubo una consignación de un millón de dólares a una cuenta suya en el exterior proveniente del intermediario usado para la compra. El contrato de venta interna del avión y el paso de los pilotos a su división de turismo trajo consigo el pago de una prima de éxito a José Luis por los beneficios económicos que le traería a La Compañía, a pesar de ser una venta interna y más para temas contables que poco esfuerzo había requerido y que lo que hacía era retomar una propuesta planteada desde el mismo momento de la compra del avión.

La Compañía estaba a punto de quedarse sin su futuro presidente. ¿Qué hacer con esta información? La línea ética existente para denunciar este tipo de eventos funcionaba muy bien hasta la gerencia media, pero en niveles superiores difícilmente lograba tener el poder necesario para que hubiera consecuencias. ¿Debían quedarse quietos? El mensajero anónimo les había dejado una nota final en esta primera entrega.

> Esto es solo la punta del iceberg. Es la hora de mostrar la turbiedad con la que se ha convivido en La Compañía. ¿En manos de quién estamos?

Un rato después, se encontraron con Ibeth en El lugar de la mancha (el café, no la empresa). Quizás, ella tendría una mejor idea para publicar sus hallazgos. Una premisa era clara, debían mantener su anonimato. Ahora dudaban de todos en La Compañía. Bueno, no de todos. Es difícil dudar de un millón de personas. Una organización tan grande no es muy diferente a una gran ciudad o un pequeño país. Un gobierno que jura defender los intereses de su pueblo, pero solo aboga por los propios. Un pueblo que reniega y desconfía de su gobierno, pero le entrega su voluntad y decisión.

Ibeth, aunque no convencida, les dijo que lo mejor sería

hacerlo público a través de una fuente externa, un medio de comunicación, un *Wikileaks* o un *Panamá Papers*. Adicionalmente, lo haría ver más profesional y creíble. Las empresas contratan consultores para que les digan lo que ya saben, o escuchar de una voz creíble lo que alguien de menor nivel en la cadena alimenticia corporativa se ha cansado de decir insistentemente o no se atreve a volver a decir. Esto sería algo equivalente. Hacerlo interno evidenciaría que era un trabajo aficionado de un empleado poco leal, facilitaría la búsqueda de los denunciantes y se correría el riesgo de no trascender y desaparecer en la burocracia interna que se activaría. Su duda estaba en darle un nuevo golpe a la reputación de La Compañía, esa que ella desde su área debía proteger. Esa misma que le daba de comer. ¿O en realidad con la publicación la estaría protegiendo?

Angélica sugirió que acudieran a sus habilidades tecnológicas y no hacerlo a través de los contactos de Ibeth en los medios de información. Mientras evitaran recurrir a personas fuera de los *insiders* tendrían más oportunidad de no ser descubiertos. Crearon durante el fin de semana un blog llamado La Mancha, allí pusieron fotografías, documentos, facturas, registros bancarios, itinerarios de viajes y todo aquello que evidenciara las malas prácticas de José Luis. Hicieron pruebas para asegurarse que no se pudiera rastrear su origen. El vínculo del blog fue enviado a los medios y a personas dentro de La Compañía que se encargarían de viralizarlo. Tal como lo acordaron después de una larga discusión, Ibeth le escribió el domingo en la noche a Zita, bajo la excusa de un hallazgo asociado a su rol de monitoreo de redes sociales. Sabía que ella no lo ocultaría. Así quisiera, ya no podría. Pero sí tendría unas horas de adelanto para reaccionar. Sentía que de alguna manera se lo debía a su jefa.

Zita llamó de urgencia a Guadalupe y Alberto. Quería llegar con una solución a Francisco (proactividad: liderazgo lección cero). A pesar de tener posiciones ideológicas contrarias frente a diferentes temas de La Compañía, cuando se trata de la reputación y el precio de la acción, es fácil llegar a un rápido acuerdo. José Luis debía salir de La Compañía y con un claro mensaje de rechazo a las malas prácticas contrarias a los valores regentes. Zita se encargaría de hacer el comunicado y retrasar la publicación de las revelaciones del blog en medios informativos. Guadalupe y Alberto serían responsables de todos los aspectos legales de la salida de José Luis y evitar cualquier demanda posterior. Debían hacerlo rápido, era clave informarlo antes de que saliera a medios.

Al final, Guadalupe alertó a Zita de lo que por ahora sentía como un problema menor, pero que podría salirse de control: la publicación que hizo Ibeth sobre la curiosidad. Las opiniones empezaban a subirse de tono. Zita prefirió guardarse su opinión. Para ella, lo hecho por Ibeth era un homenaje a Cristóbal, así su subalterna no hubiera buscado su autorización. Esa pelea la daría después. Un buen ejecutivo sabe elegir sus batallas (Liderazgo lección uno). Guadalupe también sabía elegir las suyas, encontrar al responsable de la publicación, podría entenderse como una de las funciones de su cargo. Desconfiar, pensar mal, buscar culpables y hacerlos pagar (Liderazgo de los bajos mundos, lección única).

José Luis llegó el lunes muy temprano a la oficina. En los días de duelo organizacional guardó una respetuosa distancia, prudencia y silencio. No se alegraba de la muerte de Cristóbal pero sí de lo paradójica que es la vida. Tomó su celular y miró el último chat personal con Cristóbal. Hasta el día del accidente llevaban muchas semanas sin escribirse. Desde el avión, con la misma foto enviada al chat del comité ejecutivo; un mensaje diferente:

**Recibí tu carta de renuncia junto con el whisky. Tómate esta botella conmigo y en el último trago me dejas. Muchas cosas que hablar, ahora que te vas de deveras.**

**El último trago ya lo tuvimos. Por mí ya todo está hablado. Tú ganaste, ahora debes cumplir lo acordado. Aprovecharé alguna de las ofertas de trabajo que recibí en los últimos días.**

**Es justo un nuevo aire. Lo hubiera querido para mí. Tenemos una cultura tóxica y todos estamos algo envenenados.**

Mientras Alberto preparaba los documentos de salida, Guadalupe se dirigió a la oficina de José Luis, pasó por el lado de su secretaria sin darle oportunidad de anunciarlo. El vicepresidente financiero tenía un cigarrillo en su mano derecha y con la otra dibujaba animadamente en su pizarrón lo que parecería ser un organigrama. En la casilla superior, seis letras: CEO y debajo JLH. En la línea siguiente, la que enunciaba a su equipo, el último cajón a la izquierda tenía el título «legal» aún sin iniciales. Encima del escritorio, una botella de whisky de colección especial, de la misma escasa referencia que le había regalado a Cristóbal y un vaso medio lleno (o medio vacío, todo depende de la persona, dirán los psicólogos organizacionales).

—¿No es muy temprano para estar bebiendo? En otros niveles jerárquicos eso sería causal de despido —dijo Guadalupe mientras se servía un vaso y miraba los dibujos de José Luis—. Interesante estructura. ¿Es la propuesta para su próxima presidencia? Espero le dé reconocimiento a Cristóbal, se parece mucho a su idea.

José Luis solo alcanzó a esbozar una sonrisa forzada. Guadalupe dejó a un lado la plática introductoria:

—Contamos con diez minutos antes de que Alberto cruce por esa puerta con su carta de terminación de contrato. De lo que hablemos ahora dependerá si abogo por usted para una salida más digna en lo económico y para su reputación. Licenciado, ¿usted tenía interés en la muerte de Cristóbal?

José Luis se quedó en blanco. Daba por firmado su nombramiento como presidente de La Compañía y ahora era culpado de asesinato y, de paso, despedido. Solo atinó a aspirar de manera compulsiva su cigarrillo y soltar una bocanada de gritos incoherentes terminados con pocas preguntas entendibles:

—¿Estás diciendo que maté a Cristóbal? ¿Por qué chingados lo dices? ¿Cómo te atreves a siquiera pensarlo? ¿De dónde sale semejante canallada?

—La botella de whisky que le obsequió a Cristóbal. Usted lo odiaba y no es de esos de regalos políticamente correctos. Recuerdo su deseo de un virus en el último trago. Había cianuro de hidrógeno en los restos de Cristóbal —dijo Guadalupe conectando eventos que José Luis no entendía.

—Tienes una mente enferma. Un alma dañada —seguía gritando José Luis mientras le mostraba el chat a Guadalupe—. Cristóbal tenía razón. Estamos todos envenenados. En el fondo todos queremos ver al otro muerto. Pero nos necesitamos vivos y cerca. No soy ningún santo. Nadie aquí lo es, pero, ¿cometer asesinato?, no. Aún no llego a tanto. O a tan poco. Más pendejo yo si regalara una botella con cianuro en su interior. Sería muy evidente.

—Esos mensajes de texto no cambian nada. La renuncia podría ser una coartada. O su estupidez lo es. Un crimen tan obvio puede ser una jugada inteligente. Usted es el gran beneficiado con su muerte. O lo era. Igual, ahora se va usted de la empresa y no tiene nada que ver con el posible asesinato de Cristóbal. Alguien lo jodió. Hubiera querido ser yo —dijo Guadalupe mientras le mostraba la publicación de La Mancha

José Luis se desplomó sobre su silla sin atinar a decir palabra. No era vergüenza lo que sentía, lo abrumaba más la pérdida de poder y los excesos asociados. Guadalupe disfrutaba verlo derrotado y siguió su diatriba:

—Sobrepasó una línea al querer ser presidente. No entendió el lugar que personas como usted o yo ocupamos en La Compañía. Somos alfiles y torres, pero nunca podemos ser reyes. No es nuestro lugar en el ajedrez. Somos lacayos del poder. Nos gusta estar cerca de quien lo ostenta. Aún a costa de nuestros principios. No tenemos doble moral, ni siquiera tenemos una.

—En eso coincido. El idealismo se fue de culos en los incrementos salariales y de jerarquía. Los altos salarios compraron nuestra conciencia. Y la vendimos a buen precio. No soy el único. ¿Por qué yo?

—Precisamente, pero lo han expuesto a usted. Debe seguir honrando ese precio que nos han pagado. La desconfianza y un delito en común generan mayor lealtad y trabajo en equipo que cualquier estrategia rimbombante —dijo Guadalupe mientras ponía un papel sobre el escritorio—. Si firma este acuerdo de confidencialidad, usted tendrá una muy buena negociación de salida, no necesitará trabajar en el resto de su vida, podrá irse a vivir a cualquier lugar del mundo, y lo invitamos a hacerlo; nosotros nos encargaremos de los aspectos legales que surjan de la investigación.

Alberto llegó al lugar de reunión. Vio que Guadalupe se le había adelantado y ya hablaban entre ellos mientras José Luis firmaba un documento y prefirió no enredarse la cabeza. Minutos después, José Luis aceptó la propuesta de finiquito de su contrato con el pago de un año de salario en su cuenta de nómina y un inmenso bono de salida pagado en una cuenta en el exterior, la cesión del automóvil corporativo y el pago en efectivo de los honorarios de un bufete de abogados, amigos de Guadalupe, expertos en este tipo de crisis, y con los que acordó una reunión urgente justo al salir de la guillotina. Su cabeza había sido cortada en beneficio de un bien mayor. No el suyo. ¿Entonces, el de quién?

Guadalupe celebró en silencio su pequeña y fácil victoria. «Le faltan huevos a este pendejo. Juraba que iba a dar más pelea. Puro sentimiento de culpa», pensó mientras daba la espalda y se marchaba. El momento había dejado de ser interesante para él.

 José Luis se quedó mirando al pizarrón, dio un manotazo con rabia y borró las iniciales de su nombre. Se sirvió un whisky doble y se lo tomó de un solo trago. Su último trago en La Compañía. «Cristóbal, cabrón, ni muerto dejas de joderme la vida»

Un viernes de julio en la tarde, luego de una reunión al sur de la ciudad, Cristóbal y José Luis, ya en ese momento los dos únicos sobrevivientes del *reality*, entraron a una cantina en la zona de Coyoacán. Una réplica mexicanizada de los clubes ingleses de caballeros. Solo hombres, rancheras, comida gratis a cambio de consumo de licor. Lo más alejado posible de su oficina y de su estatus de altos ejecutivos. Un campo neutral para una plática entre cuates de otrora.

Cristóbal pidió una botella de mezcal. Sirvió dos copas pequeñas acompañadas de rodajas de naranja y brindó: «En el último trago nos vamos. Salud». José Luis lo miró con cara de desprecio, aun así, tomó su copa y respondió la invitación. Después de varios tragos en silencio y las mismas rondas de quesadillas, tacos, tostadas y garnacha al gratín, el silencio se rompió en mil pedazos:

—¿Por qué chingados tienes que sacar a flote esa pinche frase? —preguntó José Luis.

—Ese fue el día que nuestra amistad se fue a la mierda.

—La enviaste tú, aunque ya venía de culos mucho antes que eso. No pretenderás que ahora volvamos a ser amigos. Eres mucho más inteligente que eso.

—Está lejos de ser mi intención. No voy a volver sobre ese tema. Sería como reconciliar a las Coreas. Quiero ser pragmático y proponerte un trato.

—Fíjate que aún no estoy tan pedo. Me faltan tres mezcales para prestar atención a ofertas tuyas.

—Quede quien quede como presidente entre tú y yo, el otro renuncia inmediatamente. Ofertas de trabajo no faltarán. No me veo trabajando para ti si eres el elegido. No creo en ti, ni en tu estrategia, ni en tus principios.

—Primeras palabras sensatas que te escucho en mucho tiempo. La neta es que dejé de oírte hace años. No busques dar lecciones moralizantes, tus principios no son tan fuertes como tú los crees. Juzgas demasiado y no te ves a ti mismo. Qué mal está La Compañía de candidatos. Escoger entre tú y yo, es escoger entre el cáncer y el sida. Te voy a lanzar un salvavidas que también me conviene a mí. Acepto tu propuesta si, además, el que quede no hace persecución del otro, no lo culpa de lo malo que encuentre, ni ordena investigaciones exhaustivas.

Una ranchera sonaba en el fondo: *Si algún día sin querer tropezamos, no te agaches ni mires de frente, simplemente la mano nos damos y después que murmure la gente.*

—Pinche casualidad dijo José Luis espero que este sea el último trago contigo. Prefiero brindar con extraños, pero siempre caigo en los mismos errores. Entre esos, el de volver a hablar contigo. Tenemos un acuerdo.

Se levantó de la mesa, tomó la botella de mezcal, y directo de ella se tomó el último trago, con gusano de maguey incluido. Se fue sin dar a Cristóbal la posibilidad de contestar.

Una vez recibió el aviso de la firma de la renuncia de José Luis, Zita envió a los medios el comunicado que buscaba bajar el tono de la noticia. En ese momento, el blog ya empezaba a ser consultado por la prensa y había llamadas constantes a ella y a su equipo para confirmar la veracidad de la información:

> La Compañía informa que está al tanto de las publicaciones surgidas en Internet, las cuales buscan deteriorar la imagen de uno de nuestros altos directivos. Creemos en la honorabilidad de nuestro comité ejecutivo y de los líderes de nuestra organización. Fiel al principio de «honestidad» que rige nuestra gestión, ha sido el mismo ejecutivo quien ha solicitado ser separado temporalmente de sus funciones, mientras nuestras áreas de Auditoría y Control interno hacen las investigaciones respectivas.

> La Compañía, además de buscar altos estándares éticos en todos sus empleados, cuenta con procesos estrictos de control, los cuales son constantemente auditados por diferentes reguladores externos.

> Confiamos en resolver esta situación de la mejor manera para La Compañía y estaremos informando de nuestras conclusiones.

Esto les daría un tiempo adicional para preparar la defensa y para que la efervescencia de la noticia se diluyera con el bombardeo constante de noticias urgentes y graves que hay cada día.

Para Guadalupe el asunto no terminó con el despido de José Luis. Sintió su salida como un golpe a sí mismo, no por su inexistente amistad, sino por lo que podía tener como consecuencias hacia adelante. No tenía miedo de lo que pudiera pasar con él, tantos años le habían enseñado cómo protegerse, pero sintió vulnerada su capacidad de cuidar a Francisco y a La Compañía. Buscó el espacio para reunirse con su jefe, sin que nadie más lo notara, muy temprano en su oficina. El presidente había sido informado por Zita de la nueva crisis. Estaba a muy pocos días de su jubilación y lo menos que se imaginó es que podrían ser los días más tortuosos de su larga carrera.

—Conocí a José Luis recién llegado él de Chihuahua. Un joven ambicioso, pero pueblerino. Se notaba a leguas, desde su traje barato, su corbata corta, sus zapatos que a fuerza de lustrarlos disimulaban que eran los mismos que usaba diario desde su grado de la universidad. Quería encajar. Muy lejos y muy cerca del ostentoso José Luis de hoy. Allí trabajaba en el área contable de una de nuestras empresas de comunicaciones —dijo Francisco con un leve asomo de nostalgia—. Yo era presidente del negocio y él tuvo que asistir a una reunión a explicar unos errores en registros contables que nos implicaban millonarias multas en impuestos. Ni su jefe, o el jefe de su jefe, se atrevieron a hablar. Todos esperaban que yo diera una orden. Ese muchacho pobre, hijo de un albañil, que estudió Contabilidad en las noches, se opuso de manera vehemente a mis propuestas e hizo una interpretación de las normas contables que redujo la multa a una tercera parte. Los errores ni siquiera eran suyos.

Guadalupe se sentó a fingir que escuchaba a su jefe. Con el paso de los años eran más frecuentes sus historias del pasado que sus planes para el futuro. A pesar de su lealtad, ya le daba vueltas en su cabeza que La Compañía requería otro liderazgo. Francisco siguió su monólogo:

—Lo ascendí a Director Financiero en el negocio que dirigía Cristóbal. Hicieron una buena dupla, a pesar de ser muy diferentes. De la combinación de ambos sale el reemplazo ideal para mí. Con Cristóbal aprendió a moverse en las clases altas. Lo presentó en los clubes y asociaciones de empresarios. Aprendió a amar los lujos. Quizás demasiado. Aprendió a tomar whisky. En exceso. Prefiere el Jack Daniels, eso ni es whisky. Aprendió a comportarse como uno de nuestra clase, pero no era de nuestra clase —dijo Francisco repitiendo y remarcando conscientemente las últimas palabras—. Eso no se aprende. Se disfraza, pero se ve fingido. Era un pinche naco. Lo vieras jugando golf.

—Por eso mismo era la pieza de la que podíamos prescindir del juego. Si fuera un ajedrez, sería un peón ascendido a alfil. Jamás llegará a ser rey, ni casándose con una reina. Definitivamente no era su sucesor. No entendió cuál era su lugar. Le faltaba estrategia. Le sobraban excentricidad y codicia. Era su forma de brillar y eso nos exponía de una forma indebida —dijo Guadalupe, pensando que en ese mismo ajedrez él sería el caballo. Un caballo de Troya.

—Hubiera sido un presidente más cómodo que Cristóbal. ¿Quién está detrás de todo esto? Cristóbal quizás fue asesinado. Ahora perdemos a José Luis. ¿Hemos llegado a esto en el mundo de los negocios?

—Nos ha costado mucho llegar donde estamos. Nosotros y La Compañía. No podemos ponernos en riesgo. Me atrevo a sugerirle que aplace su jubilación.

—Ahora, más que nunca, siento que ya no estoy para este juego. Está canijo —dijo finalmente Francisco mientras caminaba hacia la ventana y se quedaba mirando hacia la calle. Su señal para indicar que la conversación había terminado.

Comunicado urgente a la opinión pública

La Compañía informa que, después de una investigación exhaustiva, y a partir de la información apócrifa surgida en medios tres días atrás, se ha encontrado una deficiencia interna en los controles y validaciones de los procesos de adquisiciones, los cuales fueron aprovechados, en un abuso de confianza, por uno de nuestros principales ejecutivos. Esta actuación, a nuestras espaldas, ha sido debidamente sancionada y en nada refleja nuestras creencias y forma de actuación con nuestros grupos de interés.

Reiteramos nuestro compromiso con las mejores prácticas en nuestra gestión y tomaremos los correctivos necesarios para seguir mejorando nuestros procesos y reforzar en nuestro personal su compromiso con los principios organizacionales declarados.

Esta noticia habría pasado casi desapercibida si no fuera por el morbo asociado a dos noticias negativas en tan corto tiempo y que involucraban a los candidatos a la sucesión del cargo privado más importante de México. La noticia, sin tanta trascendencia en los medios informativos generales, sí había tenido un mayor impacto en el submundo financiero. El precio de la acción de La Compañía sufrió un fuerte revés. Al inicio de la jornada de transacción en bolsa llegó a extremos de un diez por ciento de caída. Al final, cerró con apenas un cuatro por ciento. El dueño de La Compañía, poseedor de un paquete accionario que le permitía seguir teniendo el control oculto, dejó de ser cientos de millones de dólares más rico de lo que era al inicio del día. No debía estar nada contento, así nunca los haya tenido físicamente en su bolsillo.

La señora Compañía había hablado nuevamente. Jacobo, Angélica e Ibeth no sabían si celebrar o preocuparse. Jamás les había pasado por la mente que sus conversaciones conspiradoras, centro de una amistad improbable, rendirían frutos con la caída de José Luis.

Los tres *insiders* coincidieron como integrantes de un equipo de proyecto interno en La Compañía. Es de las pocas formas en que personas de áreas, cargos y edades diferentes pueden conocerse en cualquier empresa. La norma son temas comunes, cargos equivalentes, edades similares. Es la mejor manera de condicionar pensamientos, de apagar la curiosidad, de fomentar la eficiencia, de asegurar el control y dar cabida a una maravillosa palabra del diccionario empresarial: homologación. Hubo afinidad entre ellos por su mirada diferente, eran de los pocos que querían proponer nuevas cosas y sentían frustración con cada puerta que se cerraba. Canalizaron esa frustración en una inofensiva conversación quejándose de sus jefes, los presentes y los pasados. De sus compañías, la actual y las anteriores. Esa frustración se convirtió en burla y humor negro. De ahí se llegó a una conspiración inofensiva. Finalmente la amistad inesperada.

Jacobo ha cambiado el nombre del Grupo
(´The insiders´ cambia a ´otro lugar de la mancha´)

En cinco minutos llego. Paciencia. Tráfico típico de sábado en el Periférico

Nosotras en taquilla del Museo de Los Niños. Nos vemos en la exposición.

Angélica estaba feliz de estar en el museo. Era uno de sus lugares preferidos de niña. Disfrutaba más allí que en Six Flags o en La Feria de Chapultepec, el parque vecino al museo. Allí soñó con ser astronauta o doctora, hasta que conoció los computadores y hubo amor eterno a primera vista. Ahora se preguntaba por qué había perdido esa curiosidad que hasta no hace mucho tiempo la acompañó, durante sus estudios en ingeniería de sistemas o en la consultora global donde trabajó. Se hizo experta en seguridad de información, aunque también pasó por proyectos en roles de programación o desarrollo de aplicaciones. A pesar de su juventud, era constantemente invitada a dar charlas sobre el tema. Se cansó de tener más millas en la tarjeta de viajero frecuente que kilómetros de carretera conociendo los países que visitaba. Se sentía una estrella de rock en gira. Del aeropuerto al hotel. Salía de allí únicamente para el concierto, cantaba dos o cuatro horas, en inglés, su repertorio de recomendaciones y aprendizajes, un repertorio que ya no la emocionaba a ella, pero sí a su público. Ni tiempo para firmar autógrafos. Al aeropuerto de una nueva ciudad que ya no le interesaba recordar cuál era, pues no tendría oportunidad de conocerla. Mientras se daba una ducha al final del día en el hotel, y al recordar la muerte temprana de muchas estrellas de rock, su inconsciente soltó un grito que, afortunadamente, alcanzó a escuchar: «Ya no más». Solo eso. Esa noche pudo dormir como hacía muchas noches no lo hacía. Aceptó un cargo de menor rango, responsabilidad y salario, pero más acorde a su edad y deseos de calidad de vida en el momento. Ahora sentía que se había ido al otro extremo. Era un robot como aquellos que siendo niña había soñado diseñar.

Al encontrarse, hablaron de la salida de José Luis. Un

diálogo que habían evitado sostener por chat. Efectos de la paranoia. Jacobo era el único de los tres con celular pagado por La Compañía; ahora llevaba un teléfono prepago para sus conversaciones. Sin mayor preámbulo, Jacobo lanzó una pregunta:

—Hay algo que me ha estado dando vueltas en la cabeza. Investigábamos la muerte de Cristóbal y causamos la muerte laboral de José Luis. Los dos sucesores están en el panteón, a su modo. ¿Es una casualidad o están relacionados los eventos? ¿Somos los idiotas útiles de un juego de mayor nivel?

—¿Quieres una respuesta ahora? ¿Tienes una pregunta más facilita? —dijo Angélica con sarcasmo.

—Ojalá sí. Es importante para mí saber qué juego estoy jugando. Así puedo definir un plan, una estrategia. La incertidumbre no me es fácil. Necesito caminos firmes y rutas claras.

—A ti te gustan las novelas policíacas. A mí no. Son una jalada. Descubro al asesino desde el primer capítulo. Pero es chido lo que intentan hacer. Muertes con múltiples causas y posibles asesinos. La solución es siempre sorpresiva. No para mí, neta. Personajes oscuros, ambiguos y reales. Un investigador con más preguntas que respuestas y un plan que cada capítulo cambia. Un mundo más impredecible. Las empresas siguen creyendo que tienen todo bajo control y que, con la suficiente lógica y conocimiento, todo encaja. Como tus rompecabezas. El mundo funciona de otra forma. Pocas veces es posible una única respuesta. Debemos actuar más como novela negra y no como un pinche libro de administración. Creo que lo único honesto que podemos hacer es no dejar de tener curiosidad y estar abiertos a lo que surja.

—Estoy amolado, pero no hay más remedio que continuar. Sería más riesgoso quedarnos quietos —dijo Jacobo queriendo darse argumentos a sí mismo para no salir huyendo.

Se sorprendieron de ver muchas personas de La Compañía visitando el Museo y la exposición temporal del Curiosity. Quizás la difusión del mensaje había tenido efecto, o los boletos gratis y descuentos para empleados.

Caminaron por las instalaciones recientemente renovadas buscando escapar de la vista de sus compañeros de trabajo. Esperaban encontrar alguna pista adicional al visitar físicamente el lugar. Leyeron cada texto varias veces. Buscaron interpretaciones diferentes de cada fotografía. Revisaron a detalle las fotos que Cristóbal había publicado queriendo encontrar diferencias que dieran lugar a una nueva pista. Caminos sin salida. Experimentos fallidos. Sintieron que habían perdido el tiempo. Se sintieron estúpidos por haber desperdiciado así la mañana del sábado. Decidieron entonces pasar a la siguiente pista. O mejor, al siguiente principio.

Después de casi dos semanas de haber publicado los mensajes de curiosidad, aún eran múltiples las opiniones y comentarios. Los ánimos empezaban a exacerbarse y los bandos a polarizarse. Francisco, que hasta el momento no le había dado importancia al tema, buscó a Zita y le manifestó su preocupación. No quería más distracciones. Le pidió hacerse cargo y frenar esas conversaciones. De ser posible, quería un responsable. En otras palabras: quería un culpable.

## Capítulo V

## Grandiosidad

Ibeth no quiso perder tiempo e hizo la publicación del siguiente principio durante el fin de semana.

Imagen: Selfi de Cristóbal con un overol manchado con pintura de colores. Detrás un grafiti con la palabra Vulnerabilidad en un muro gris de bloque en concreto. Parece ser parte de la fachada de una bodega industrial.

VULNERABILIDAD: Si la curiosidad nos lleva a hacernos preguntas diferentes, la vulnerabilidad nos permite aceptar que podemos no saber las respuestas. Aceptar que no sabemos no es debilidad: La vulnerabilidad es la medición más precisa del coraje.

Mientras más grandes somos o nos creemos, ¿somos más vulnerables? ¿Tiene La Compañía una sensación de perfección y grandeza que nos genera riesgos a futuro?

No era la escritura rápida de un vándalo en la mitad de la noche, urgido ante la inminente llegada de la policía. Era un dibujo elaborado, que había requerido de dos o tres horas de trabajo. El mismo tiempo que, según la información del GPS, su vehículo permaneció en el estacionamiento del principal centro de distribución de La Compañía. Una magnífica instalación que le prestaba servicios a diferentes negocios de su portafolio. Entrar allí era como entrar al futuro. Pocas personas trabajando para la magnitud de la operación. Robots circulando en una coreografía programada, moviendo mercancía desde los inmensos aparadores hacia los camiones de despacho. Su increíble velocidad y sincronía eran una pequeña muestra de cómo funcionaban las operaciones de La Compañía en todas sus plantas de producción y centros logísticos. El mayor ejemplo de eficiencia. También el mejor ejemplo de poder.

Para Cristóbal este lugar no solo representaba el futuro suyo y de La Compañía, había sido el gran responsable del proyecto y, para muchos, el gran impulsor de su nombramiento como presidente. Significaba, ante todo, su pasado. La inmensa nueva catedral de la logística se erigía sobre las ruinas del pequeño templo en el que Cristóbal inició su carrera laboral. Un templo de otra civilización, que muchos años atrás había sido conquistada por La Compañía. Como los españoles destruyeron el templo mayor azteca para construir sus catedrales. A Cristóbal le impusieron nuevos dioses, más fuertes, más milagrosos, más sanguinarios. El que conquista impone su religión y él creyó en ella. Y estaba por convertirse en el sacerdote mayor.

Un buen momento para volver al origen. Egresado de una prestigiosa universidad de la ciudad (entiéndase prestigio igual al valor del semestre), no fue el estudiante más sobresaliente. Ni para bien, ni para mal. Su trabajo estaba asegurado en la empresa familiar. Un negocio creado desde cero por su abuelo y su padre y que había llegado a ser una importante empresa de producción y distribución de productos escolares y de oficina. Allí ingresó como responsable por la programación de la producción de la planta. Debía seguir los pasos establecidos por su padre antes de ser director del negocio en unos pocos años. Su primera sucesión.

Aunque se le educó en los valores de su familia y de la pequeña empresa, Cristóbal no había vivido las carencias y esfuerzos de su padre. Esos valores fueron palabras ajenas y distantes. El ejemplo a seguir provino más desde sus amigos en la escuela, la universidad y los clubes sociales. Amigos, al igual que él, de la élite mexicana. Amigos que se decían de clase media, pues al compararse con las familias más poderosas del país, cualquier dinero se quedaba corto (o quizás lo decían por sus valores a medias, su educación a medias y su responsabilidad a medias).

Su arrogancia le pasó cuenta de cobro. Aprendió su lección con sangre. Quiso llevar la productividad al máximo, sin haberse dado el permiso de conocer cómo funcionaban los procesos y sin ganarse el real respeto de la gente, no el heredado, sino aquel que le permitiera construir su propio legado. Empezaron las enfermedades laborales, las renuncias y también los despidos. La confianza se rompió y la empresa familiar se enfrentó a su primera huelga. Fue más un susto acordado por los supervisores de producción. La lealtad que en ese momento tenían los empleados con su padre fue más fuerte y él los autorizó a darle esa enseñanza de vida. Aprendizaje a medias.

Su padre murió de manera sorpresiva apenas unas semanas después del simulacro de huelga. Un cáncer en la columna vertebral se lo llevó en muy pocos días después de su detección. La relación entre ambos en ese momento era prácticamente inexistente y Cristóbal se sintió culpable de su muerte. A partir de allí quiso honrar su memoria. Pudo ser el aprendizaje que le hacía falta. El irremediable casanova decidió darles gusto a las presiones sociales y contrajo matrimonio. Se hizo director general de la empresa antes de lo planeado por su padre, pero se dio la oportunidad de dejarse ayudar, hizo buenas relaciones con sus empleados. Llegaron los hijos.

Vinieron años de comodidad laboral y familiar. De seguir el libreto.

La Compañía puso el ojo en la pujante empresa de Cristóbal. Renacieron sus ambiciones de poder. Más allá de la astronómica oferta de compra, le atraía la propuesta de ser el director del nuevo negocio que, con la adquisición, se creaba en La Compañía. Tendría chequera en blanco para nuevas fusiones. Lo atraían las demostraciones de poder que tenían los directivos. Se dejó encandilar durante la negociación por las invitaciones a fiestas, viajes y regalos para seducirlo. Fue una nueva luz para Cristóbal. Quería brillar, pero tanto resplandor enceguece. Aprendió a vivir una doble vida. En su casa con los valores familiares que a fuerza de repetición había aceptado. En su trabajo, con la arrogancia, ambición desmedida y lujo corporativo, muy lejanos de los valores expuestos en las paredes y que seguían vigentes hasta la llegada de Cristóbal a la cúspide: honestidad, competitividad, responsabilidad, equidad, simplicidad, tenacidad, diversidad, creatividad y dos añadidos recientemente: agilidad y felicidad. Las palabras de moda en el mundo organizacional. Cómo no incluirlas.

Jacobo y Angélica se reunieron en El lugar de la mancha para investigar las nuevas señales dejadas por su informante anónimo. Aunque era domingo, Jacobo se había vuelto obsesivo con la búsqueda. Así era con todo, su trabajo, su pasión por armar rompecabezas o desenredar los enigmas de sus novelas policíacas. Podía leerse una novela en una sentada. Casi nunca podía hacerlo, pues su esposa, consciente de este vicio, lo obligaba a distraerse en otros temas que le obligaran algo de movimiento. No tenía buena memoria para los autores. No sabía distinguir un clásico como Raymond Chandler o Rubem Fonseca de un *best seller* como Stieg Larsson o Joël Dicker, ni reconocer la afición y escritos policíacos de escritores tan connotados como Borges o Piglia. Se enganchaba con las historias. Dejaba empezadas novelas que lo habrían apenado si supiera del calibre del autor. Usualmente las compraba en las librerías de los aeropuertos y se dejaba guiar por los vendedores. Los asumía muy expertos por trabajar allí.

La siguiente revelación de Denis Jacques arremetía en contra de varias personas, con especial saña en Cristóbal. Hubo conflicto entre Angélica y Jacobo si tenía sentido dañar la reputación de un difunto. No tendría oportunidad de defensa. La sociedad suele tener una deferencia especial con los muertos: el suicidio de un político corrupto lo pone en un lugar de perseguido e incomprendido.

Decidieron empezar por el resto de información e hicieron un pequeño experimento, hacer el denuncio usando la línea ética (esa línea telefónica existente en las empresas para delatar posibles actos ilícitos de manera confidencial). Una filtración les permitiría conocer qué tan extendida estaba La Mancha dentro de La Compañía. Si no puedes confiar en la línea ética, entonces estás en mala compañía.

La información mostraba que la corrupción era todo un ejemplo de diversidad en La Compañía. Había todo tipo de personas, cargos, niveles en la jerarquía, condiciones sociales, áreas, negocios y países. Había todo tipo de formas de registro de la información: hojas de cálculo, documentos escritos, fotografías, grabaciones, redes sociales, mensajes de texto y chats. Había todo tipo de malas prácticas: fraudes, acoso laboral, evasiones, corrupción, discriminación, compraventa de información confidencial, conflictos de intereses, alteración de cifras financieras o indicadores de gestión, con incidencia en pagos de bonos por resultados, pagos a sindicatos, delitos de palabra, obra u omisión. Cada capítulo del extenso manual de ética de La Compañía tenía mínimo una violación. Y, sí, violaciones también se denunciaban.

Algunos de los casos probaban rumores que corrían por los pasillos de la empresa, otros generaban sorpresa. Caras vemos, corazones y cuentas bancarias en el exterior no sabemos. Personajes que nadie habría imaginado. El más invisible funcionario del área de contabilidad, el más abnegado comprador, el más dedicado padre de familia, el más recurrente empleado del mes, el más galardonado vendedor, el más premiado innovador, el mayor patrocinador de la equidad.

La información era aterradoramente detallada y completa. Requirió tiempo de búsqueda, preparación y edición. Solo revisarla les tomaría cerca de una semana a tiempo completo. Tiempo que no tenían. Denis, o Jacques, o quien fuera realmente, no actuó solo. Parecía un colectivo más profesional y con más acceso a información que los aficionados *insiders*. Probaron con diez de los cien empleados recibidos. Dependiendo de la forma en que La Compañía respondiera, enviarían los documentos restantes sin revisión previa.

El lunes temprano Zita llamó a Ibeth a su oficina del piso 21. Ibeth tenía su pequeño espacio en el piso 7. Caminó por los extensos pasillos hasta llegar a los elevadores. Cientos de cubículos todos iguales. O casi. Los líderes de los equipos ocupaban el de dos analistas, lo que permitía espacio para dos sillas al frente del escritorio. Un higiénico cálculo matemático de espacios basados en el poder y tramo de control. Un sistema de coordenadas de ego y poder en tres dimensiones: X, Y, Z. Ingeniería organizacional. La X era el tamaño del cubículo, la Y era el alto de las paredes que lo separan del vecino, la Z era el piso en el que estaba ubicado el espacio. Mientras caminaba veía cabezas con inmensos audífonos. Un pequeño símbolo de diferenciación en esos niveles. Todos miraban sus pantallas. Concentrados. O eso parecían. Todos iguales en medio de sus pequeñas diferencias. ¿Diversidad? Más visible en los reportes de sostenibilidad a los accionistas y mercados que en los pasillos. Llegando al elevador, un pequeño grupo reunido cantaba «Feliz Cumpleaños» alrededor de un cubículo lleno de globos y serpentinas. Una pausa activa para comer un pedazo de pastel y un refresco caliente, comprado a través de un eficiente sistema de cuotas mensuales administrado por un voluntario. Las secretarias son exclusivas de los vicepresidentes.

Al entrar a la oficina, Zita estaba acompañada de un abogado del área de relaciones laborales.

—Ibeth, cometiste un grave error de juicio con el envío de las publicaciones del Instagram de Cristóbal. Fíjate el revuelo que han causado —dijo Zita con la mirada de póker del funcionario de Recursos Humanos.

—¿A poco? No te entiendo, ¿no era eso lo que buscábamos? Esa fue la instrucción que me dio: honrar la memoria de Cristóbal. Difundir su legado.

—Una cosa es honrar la memoria y otra muy diferente es crear una revolución. Las redes sociales son peligrosas. Nosotras lo sabemos por nuestro trabajo. A la presidencia no le gustan los comentarios que empiezan a circular. Tiene miedo que se salga de control. Y para serte sincera, ya está sucediendo.

—¿A qué le tiene miedo? ¿No hablamos de tenacidad y honestidad como valores de esta compañía? Palabras muertas. Por eso Cristóbal quería sus propios valores. Me cae el veinte: el único valor que cuenta aquí es el valor agregado. Podrían añadirlo a la lista y llamarlo rentabilidad —dijo Ibeth con un sarcasmo que solo le sale cuando está molesta.

—Ayer en la noche me llamó muy exaltado por tu última publicación. A mí también me causó sorpresa. Y no de las que me gustan. Tú sabes que para mí, como líder, es importante empoderarlos, que se expongan, decidan y se equivoquen. Errores con análisis. Después de la primera publicación, debiste considerar las consecuencias. Más que la extralimitación de funciones, me sacó de onda tu deficiencia de criterio. Perdí la confianza.

—¿Criterio u obediencia? Hablas de autonomía, pero es solo mientras cumpla los procedimientos o tus órdenes. Me late.

—No me hagas esto más difícil. La Compañía ha decidido dejarte ir —dijo Zita mirando al hombre gris de recursos humanos.

—¿Decidió quién? ¿Quién coño es La Compañía? No existe, es un ente jurídico, me estás hablando como los comunicados que escribimos. Qué poca madre no asumir la responsabilidad de tu decisión. ¿Y dejarme ir? ¿Qué era entonces? ¿Una esclava? Es un despido. Aprendamos a llamar las cosas como son. Ese es el error de las áreas de comunicaciones. Construimos comunicados con palabras y frases medidas para la tranquilidad mental de La Señora Compañía y evitarle demandas. Se acabó la diplomacia. Ya no tengo que hablar como si yo fuera un comunicado corporativo. Ahora puedo hacerlo con mi propio lenguaje —dijo Ibeth liberándose de un inmenso peso y dándose cuenta que debía encontrar su propio lenguaje. Después de tantos años en La Compañía ya no sabía cuál era.

—Estoy extrañada, esperaba que fueras más madura, te controlaras más y lo tomaras de manera diferente. No quiero perjudicarte y vas a salir con las indemnizaciones de ley correspondientes de un despido sin justa causa. Es mi forma de apoyarte. Además, cuentas con mis recomendaciones y las de La Compañía para futuros trabajos. Sé que encontrarás nuevos rumbos muy fácilmente. Eres una excelente profesional —dijo Zita sin sostenerle la mirada a Ibeth, quien a su vez salió de la oficina custodiada por el funcionario de Recursos Humanos. Sí, esos recursos humanos o inhumanos de los que Antonio García y Pierre Lemaitre se han encargado de satirizar. Quizás los dos autores salieron despedidos de empresas.

Zita cerró la puerta de su oficina, tomó su celular y le chateó a Francisco.

> Ya salió la responsable que me pedías por las publicaciones de Cristóbal. Pero eres un iluso al creer que es posible detener la ola. Lo mejor es no hacer nada y que el ímpetu se calme solo.

«¿A qué le tienes miedo Francisco?», pensaba Zita recordando las palabras de Ibeth, mientras miraba las opiniones sobre vulnerabilidad que crecían en yammer. «La tecnología lo ha cambiado todo. Siempre ha sido así. Pasamos de los artesanos a los operarios y ahora a los robots. Pasamos de valorar la estabilidad a añorarla; el ser humano no está concebido para la flexibilidad. Pasamos de la intuición a la estadística que analiza el pasado y ahora a los algoritmos que deciden el futuro. La inteligencia artificial reemplaza a personas que nosotros mismos llevamos a dejar de pensar, les atrofiamos su inteligencia. Los hicimos sentirse cómodos allí. Les decimos qué comprar, qué ver en televisión, qué comer para deteriorar su salud y después qué medicamentos tomar. Un círculo que nosotros no creamos, pero somos alumnos aventajados. Clientes que creen que todo lo deciden ellos y hasta nos defienden. En las compañías cada vez son más pocos los que piensan. Ibeth, tú eras una de ellas. Espero que muy pronto me puedas perdonar. Ahora otros les dicen la importancia de prevenir, cuidar su salud, alimentarse mejor: comida más orgánica, menos procesada. Menos azúcar y más marihuana. Hacer ejercicio, viajar y vivir experiencias de contacto con la naturaleza, vivir más básico, tener menos posesiones, compartir el vehículo, compartir la casa, moverse en bicicleta. Y suena más creíble que lo nuestro. Allí está el gran problema, no es nuestra manipulación, es la de otros. Nuevas industrias en las que La Compañía no participa. Apenas empezamos a invertir».

Ahora recordó la conversación que tuvo con su esposo tres años atrás y un escalofrío pasó por su cuerpo.

—Joaquin, tuve una plática con Francisco Patrón, me ofrece ser vicepresidenta de asuntos corporativos de La Compañía.

—¿Y que piensas? —preguntó Joaquín, anticipando un diálogo socrático como los que solía tener con su esposa.

—Siento que es hora de pasar de la teoría a la acción. Quiero probar lo que tanto promulgo en la universidad —respondió Zita mientras iba organizando sus ideas.

—¿Qué te molesta de la academia?, lo hemos hablado y es más nuestro mundo —dijo él para continuar con su argumentación—. Yo por lo menos me siento cómodo aquí, y no es conformismo o pereza; aquí siento que está mi pasión, puedo crear, proponer, modelar. Siempre hay cosas nuevas por hacer. Los tiempos son más largos y eso me permite pensar mejor, sin distracciones, sin las presiones del corto plazo, con rigor, más método científico.

—Quizás eso es lo que me está molestando ahora, me cae, hay una distancia entre academia y realidad. De velocidad, de practicidad, de aplicabilidad —dijo Zita para continuar el contrapunteo y reforzar su decisión—. La academia no está siendo respuesta para las empresas, no por lo menos en mi campo. Si no somos nosotros mismos los que impulsamos esa transformación, ¿quién lo hará? Los que están en la empresa actúan por instinto, pero a ese olfato le falta profundidad, conocimiento y análisis juicioso. Creen que modelar es hacer un gráfico en power point: cuadrados, círculos, conectores y las palabras mágicas de planear, hacer, verificar y actuar explican cualquier fenómeno.

—¿Y por qué justamente La Compañía? —preguntó Joaquín para buscar otra fisura de conversación.

—¡Qué mejor lugar! Es el conglomerado de empresas más grande del país, uno de los mayores del mundo. Lograr algo allí sería visible y haría mis ideas viables en cualquier empresa o comunidad. Estaría bonito. Mi historia previa con La Compañía ya no es tema. Francisco se encargó de eso.

—Yo estoy más en las ciencias puras —buscó exponer Joaquín su argumento más fuerte—. Las hipótesis se prueban en laboratorios, problemas matemáticos o cualquier otro modo lejano a los seres humanos y donde yo como investigador no estoy expuesto. Tú estás en las ciencias sociales, exponerse es casi inevitable, ¿eres consciente que la transformación que quieres podría transformarte a ti?

—Gracias por tu claridad. Esa es una de las razones por las que te amo, si es que para el amor debe haber razones. No creas que no lo había pensado. Pero es algo que siento que debo hacer. No solo por mis investigaciones e hipótesis, sino por mí como persona —concluyó Zita.

—Es tu decisión y entre nosotros el respeto de las decisiones del otro es una regla de oro, una vez que nos aseguramos que se han hecho todos los análisis correspondientes. Estaré allí para alertarte si veo que la transformación que quieres también te está transformando a ti y no en la dirección correcta —cerró Joaquín y abrazó a su esposa—. A celebrar entonces. ¿Un vino?, en nuestra pequeña cava hay unos preciosos para la ocasión.

Francisco ordenó a la vicepresidencia de gestión humana un comunicado con una adición al manual de ética.

Es responsabilidad de todo empleado en La Compañía promover el respeto, los valores y mensajes constructivos en redes sociales. No se deben alentar con opiniones, «me gusta» o reenvíos, comentarios que sean potencialmente dañinos para la reputación y buen nombre de La Compañía o cualquiera de las personas que trabajan o prestan servicios para ella.

Se envió a todo el personal directamente desde el correo de presidencia, algo reservado para comunicaciones especialmente importantes. Un mensaje de Francisco aseguraba su lectura por todos los empleados de La Compañía. No necesariamente su acatamiento. Menos ahora.

Ibeth salió de la oficina con sus pertenencias en una caja, al mejor estilo de película de Hollywood. Debía actuar rápido y se dirigió en su vehículo a la Ibero, su universidad, y el refugio más cercano que se le vino a la mente. Allí se sentó en un café Cielito Querido y descubrió que su cuenta de administradora en yammer aún no había sido bloqueada. Puso un mensaje breve indicando que ya no se publicarían más mensajes de Cristóbal por esa cuenta y que debían remitirse a una que acababa de crear en Instagram denominada *@Cristobal_legado*. Esperaba que se viralizara. Ya no le importaba qué pudiera pasar. Las recomendaciones de trabajo de Zita y La Compañía la tenían sin cuidado. Era solo una carnada amistosa para que se quedara quieta. Por el contrario, sabía que el presidente pediría que su nombre empezara a circular entre las áreas de selección de la ciudad como «persona no recomendable». «Si ya lo van a hacer, pues que tengan motivos valederos», pensó mientras acababa de configurar la cuenta.

Rápidamente puso en la nueva cuenta los mensajes ya publicados. Con la misma rapidez llegaron las solicitudes para seguirla. Decidió hacerla pública. Aunque muy pocas personas sabían quién era el ser humano detrás de las cuentas, muchos le preguntaban qué había pasado, por qué el cambio. En otro momento hubiera sido políticamente correcta y habría dicho que por el tráfico que se estaba generando. La diplomacia se le había terminado desde su conversación de despido con Zita. Decidió hacer una publicación adicional con una foto suya a contra luz que permitía ver su silueta, pero no su rostro.

> Despedid@ por hacer estas publicaciones, aunque estaban autorizadas. Ayúdenme a descubrir por qué. Hagan que mi despido valga la pena.

Pidió horchata caliente y molletes. La rabia también le daba hambre. Se dijo que se los merecía, a pesar de estar saliéndose de sus recientes hábitos saludables. Tomó aire y le escribió al grupo del «otro lugar de la mancha».

> Me acaban de despedir de La Compañía por la publicación de los valores de Cristóbal.

> Nos vemos al final del día en la mancha. Ahora prefiero no hablar.

**Jacobo:**
Plop. ¿Qué ondaaaa? ¿Estás bien? ¿Qué necesitas?

**Angélica:**
Zita será la próxima en caer. Neta. Empiezo a buscar información. Venganzaaaa

**Jacobo:**
Ey Angélica, respira. Ya lo miraremos después. Por ahora ocupémonos de Ibeth y respetemos su pedido de silencio.

Ibeth recordó el compromiso pendiente que tenía con Jacobo. En medio del vértigo por las publicaciones lo había olvidado por completo. ¿Quién era Denis Jacques? Su perfil en LinkedIn parecía de una persona real. Lo real que puede alguien ser en LinkedIn, es decir, un ejecutivo demasiado perfecto en el resumen de su experiencia, había trabajado en una sola empresa de la cual hablaba maravillas. La máscara corporativa llevada a las redes sociales. Tres temas llamaban la atención, la cuenta era de muy reciente creación, un nombre muy francés para una cuenta en español y un solo contacto. ¿Un ejecutivo francés trasladado a México queriendo crear su perfil en español para publicación de las ofertas laborales de su empresa? Una rápida investigación en Internet. La empresa Kilpatrick existía y era coherente con la experiencia de Denis. Buscó en Google el nombre completo. Varios perfiles en redes asociados. Jacques Denis. Denis Jacques. Denise. Era de esperarse, dos nombres comunes en francés. Dentistas, artistas, ingenieros, escritores, periodistas. Se aburrió de buscar en el mundo virtual y se pasó al real.

Ibeth se fue hasta el centro de distribución de La Compañía y le permitieron el acceso. Ciertas decisiones en estos conglomerados se demoran en llegar a todos los puntos de contacto. En el afán de su salida, al inepto funcionario de recursos humanos se le olvidó retirarle el gafete. La evidencia para otros y nosotros mismos de quién es nuestro dueño. A quién pertenecemos. El sentido de pertenencia visto desde el otro lado. Aunque la tarjeta estaba desactivada, le bastó mostrarla para que el vigilante le diera acceso al estacionamiento. No requería entrar al edificio. Caminó por toda la fachada buscando el dibujo. Solo encontró una enorme pared recién pintada con cal que aún dejaba ver parte del texto. Querían borrar todo recuerdo de Cristóbal.

Regresó a su vehículo y se quedó allí pensativa por un momento. No sabía a dónde ir. Aún no les avisaba a sus padres o a su novio. «¿Ha tenido sentido esta conspiración? ¿Qué será ahora de mí? Era la *community manager* de La Compañía. Ahora suena tan vacío. Un cascarón. Es nada. ¿Quién soy realmente? No soy un cargo». Se sentía vulnerable. Inmensamente decepcionada de su jefe a quien tanto admiraba. Se había caído de su pedestal, y cayó encima de ella. «Zita debe estar llena de temores también. Mientras más arriba están, más solos se sienten. No pueden pedir ayuda. No pueden decir: no sé. Creen que deben demostrar ser invencibles».

La Mancha hizo una nueva publicación. Angélica y Jacobo la adelantaron en honor a Ibeth. Ya no estaría para advertir previamente a Zita. No importaba llevarse por delante a Cristóbal y su memoria. Era un corrupto más, al que estaban idealizando tras su muerte. La nueva publicación contenía información más especializada. La prensa financiera, las revistas de *management* y los accionistas de La Compañía serían los más interesados. Compras recientes de empresas que aún no llegaban a las expectativas de rentabilidad de La Compañía y fueron el sustento del «caso de negocio» (esos documentos lleno de creatividad para justificar compras, proyectos y egos. Tienen más ficción que cualquier sátira disfrazada de novela). Revisiones insuficientes previas a la compra, revelaron problemas en la operación que requerirían altas inversiones para ser solucionados. Algunos llevarían a la adquisición a no ser financieramente viable. El énfasis desbordado en el crecimiento de La Compañía tenía a muchos de los negocios en una situación que pronto sería crítica por falta de inversiones en tecnología, infraestructura e innovación. Se habían demorado en salir de sectores que habían dejado de ser viables, como le había sucedido al viejo negocio de la familia de Cristóbal. Se alteraban estados financieros para disimular los bajos márgenes. Unas pocas empresas y unidades de negocio, altamente exitosos, se encargaban de disimular los pobres resultados de todos los demás. Si La Compañía decidiera quedarse con los negocios positivos y con futuro, su tamaño se reduciría a más de la mitad. Algo inconcebible.

Aunque Cristóbal era responsable de algunas de esas nuevas inversiones que cimentaban el futuro de La Compañía, también era el arquitecto de las decisiones y omisiones que permitían seguir mostrando una compañía robusta. Y no era tal. La Señora Compañía sufría de obesidad, se fue llenando de grasa, se hizo implantes para verse mejor, pero no una liposucción. El problema no era la gordura (no quiero acusaciones por falta de diversidad), la Señora Compañía tenía problemas de salud, su colesterol y triglicéridos eran altos, su hígado graso; su dieta inadecuada y no hacía ejercicio. Y necesitaría correr muy rápido para recuperar la distancia que otros empezaban a tomarle.

## Capítulo VI

## Duplicidad

En una mesa del «otro lugar de la mancha» platicaban animadamente los tres amigos. Una botella de vino, ya por la mitad, hizo olvidar los habituales cafés que acompañaban sus conversaciones. Ibeth quería brindar tras un día intenso que había iniciado con su sorpresivo despido.

—En una sala de juntas del piso 20 estaban Alberto, el vice de gestión humana, los cuates de auditoría y Guadalupe, el chingaquedito jurídico. ¡Ah! Y Adela, la vice nueva de Tecnología. Pobre, le está cayendo el veinte de donde llegó a trabajar. Hasta que salimos de la oficina no habían notificado nada. Aún tienen un chorro de información por revisar —contaba animada Angélica a sus compinches sobre su presencia inesperada, apenas un par de horas atrás, en la reunión extraordinaria del comité de ética, para solucionar un problema en la sala con el acceso a la red corporativa.

—Desde la muerte de Cristóbal ningún vicepresidente trabaja en lo suyo. Se les ve cara de preocupación. A Zita, siempre tan controlada, hoy, cuando me despidió, la noté más estresada y menos cuidadosa en su vestimenta. Parecía una catrina barata del mercado de Balderas, y apenas empezaba el día. Raro en ella que siempre parece un postre —dijo Ibeth.

—Será más bien desde lo que nosotros generamos tras la muerte de Cristóbal. Neta —aclaró Angélica.

—Los vices no hacen mucho en el fin de año. Los planes para el siguiente ya están definidos. Todos los demás corremos para cerrar decentemente el cumplimiento de metas y librarnos de la guillotina por un período más. Miran el baile desde arriba, esperando los resultados para su veredicto. La Compañía es una máquina muy bien aceitada que no deja de funcionar sin importar que su operario se distraiga por unos minutos —explicó Jacobo—. Y estamos quietos para una nueva estrategia; la definirá quien llegue como presidente. La de Cristóbal se fue con él. Está cañón que Francisco no esté interesado en ejecutarla. Por eso, en mi equipo, estamos echando la hueva por ahora.

—¿Y hay alguna noticia del nuevo presidente? ¿O se va a quedar Francisco por un tiempo más? —preguntó Ibeth.

—Lo define la junta directiva que se reúne en enero —dijo Jacobo—. Hoy, con toda esa información revelada, entiendo más la estrategia de Cristóbal. Chipocluda. Desinvertir en muchos negocios y enfocarse en los verdaderamente rentables. Con eso genera la lana para entrar en negocios desconocidos para La Compañía. De plano molestó los grandes egos de algunos presidentes de las empresas que podrían ser vendidas. La veían venir.

Con la información publicada hoy en La Mancha, Cristóbal fue responsable de muchas de esas ineficiencias. ¿Sí sería capaz de reconocer sus errores? Luego, luego de posesionado le echaría la culpa a Francisco de todo. Así hablara de vulnerabilidad, después de lo que pasó conmigo, ya no les creo —dijo Ibeth mientras soltaba sus primeras lágrimas después del despido.

—Quiero disculparme contigo. Me cae. Busqué protegerte y no te incluí en la revisión de la información de Jacques. Lo más irónico: la despedida fuiste tú —dijo Jacobo para luego mirar a ambas—. Entendería si quieren retirarse de esta locura. No quiero afectarlas más.

—¿Retirarme? No chingues. Ya todo lo que podía perder, está perdido. Lo peor que me podría pasar, ya pasó. ¿Qué hay para hacer ahora? Tengo tiempo libre de sobra. Hasta enero no tiene sentido buscar trabajo —dijo Ibeth con su nuevo sarcasmo—. Y una aclaración, no me despidieron. Me dejaron ir. Pinche frase de las empresas para sentirse menos culpables. Para eso estamos los comunicadores organizacionales. Para cuidarle el culo a La Señora Compañía.

—Yo tampoco me rajo. ¿Estás pendejo o qué? Sé que no voy a durar mucho en La Compañía. Neta. Es una transición. Había caído en un letargo y este asunto me está haciendo despertar. Será chido patearles las nachas a unos cuantos antes de largarme de ahí —dijo Angélica—. Además, me necesitas para borrar tus huellas en la red.

Jacobo les propuso verse un par de días después. Debía viajar a las oficinas de La Compañía en California y lidiar a solas con sus miedos. A su regreso pasarían a la fase dos del plan. No tenía ni idea en qué consistía. No supo ni por qué lo propuso. El líder de estrategia nunca se había sentido tan perdido, temeroso y sin claridad de rumbo. Pedir ayuda no estaba entre sus alternativas. Era un síntoma de debilidad.

El comité de ética finalizó avanzada la noche. Toda la información enviada de manera anónima fue verificada. Los diez casos, según lo establecido en las normas, daban para despido y algunos de ellos para iniciar procesos legales. La decisión no era tan obvia. En ese listado había protegidos de algunos vicepresidentes, otros con información que podría usarse en contra de sus jefes y de La Compañía. También había personas que se habían librado en ocasiones anteriores de ser sancionados o despedidos. Su excelente aporte a los resultados o sus conocimientos muy específicos, primaban sobre sus acosos comprobados. Ya se habían analizado en ocasiones anteriores en el mismo comité y se acordó dar segundas y terceras oportunidades (en otras palabras, hacer caso omiso de la denuncia, asignar un *coach* al denunciante y pedirle al implicado tener más cuidado).

Primero saldrían los protegidos de Cristóbal y José Luis. Allí estaban la mayoría de los casos. Ya no tendrían quién hiciera su defensa en el comité ejecutivo. Los casos de acoso fueron un no negociable para Zita y Adela, quienes exigieron, además, las acciones penales correspondientes. Parecía una negociación de cuotas burocráticas. El caso de un ejecutivo menor en otro país fue fácil de acordar. Los casos difíciles estuvieron en una persona del equipo de Guadalupe y un protegido de Francisco, que aunque en un cargo menor, era de su entraña. Lo había acompañado desde los inicios de su carrera y tenía información privilegiada de sus trabajos sucios. Aunque no era uno de los casos que llegaron por el envío anónimo, Zita mencionó el caso de Ibeth para decir que su área ya había puesto su cuota. Guadalupe entregó la suya y dejaron el caso del protegido de Francisco para la siguiente sesión. La forma fácil de los ejecutivos de aplazar las decisiones difíciles: «Debo salir para otra reunión, reagendemos». Aún había una reunión pendiente para Guadalupe y Zita: mirar con Francisco las revelaciones de La Mancha.

Zita fue directa con ambos. Alguien quería hacerle daño a La Compañía y lo estaba logrando. Habían subestimado a su rival. La publicación del día no había tenido tanto impacto en la opinión pública general, pero sí anticipaban un efecto devastador en los mercados para la mañana siguiente. La información se publicó después del cierre de las bolsas de valores y aún podrían intentar hacer algo para reducir el impacto. Debían dar la cara a los accionistas minoritarios que habían confiado en la administración de La Compañía desde su salida a bolsa diez años atrás. Una propuesta de Francisco y José Luis que buscaba generar el capital para soportar la estrategia de crecimiento y no tener que acudir a costosos préstamos bancarios. Esos accionistas recibieron jugosos beneficios por su inversión. Eso se olvida rápido. Ahora querrán explicación antes de decidir si la mantienen.

Zita no era experta en bolsas de valores, ese era el trabajo de José Luis. Su dominio estaba en las relaciones públicas y ello incluía a los inversionistas. A Francisco le atrajo su capacidad de combinar unas excelentes habilidades sociales y contactos en la élite empresarial, gracias a sus apellidos, con una profunda formación en sociología y filosofía que la tuvieron por muchos años trabajando en la academia. Lo más difícil fue convencer al padre de Zita, el dueño de La Compañía y luego mantener en secreto a todos los empleados de su relación familiar. No era muy cercana con su padre. Había sido criada por su madre luego de su separación. El dueño estableció, algunos años atrás, que ninguno de los hijos de sus cuatro matrimonios podría trabajar en La Compañía. Quería evitar cualquier conflicto que afectara su capital y distrajera la atención de sus dirigentes. La excepción de vincular a Zita tuvo que llegar hasta la junta. Aún quedaban algunos años antes que otros hijos reclamaran su derecho. Ella era la mayor. Su único hermano de sangre era artista y tenía total desinterés por La Compañía. Cuando se tiene dinero se puede vivir sin saber de dónde llega. Los hermanos de los otros matrimonios se repartían por todo el espectro escolar. Los de su segundo matrimonio en universidades en el exterior, los de su tercer matrimonio en la secundaria y los de su matrimonio más reciente, apenas en primaria y guardería.

La propuesta de Zita fue atrevida. Pasar de la evasión y las respuestas ambiguas al *mea culpa*. No sabían la cantidad, relevancia y alcance de la información de la que disponían los autores de La Mancha; aún podrían tener guardadas sus mejores armas. Tratar de descubrirlos sería muy riesgoso. Seguramente tendrían respaldos de la información o virus que se activarían en caso de ser descubiertos. Comprobaron la tontería de tratar de frenar las redes sociales. Era como frenar un derrumbe con una señal de «Alto». Proponía reconocer los errores de manera sentida, creíble. Mostrarse como una empresa humana, que comete errores y aprende de ellos. Zita pensó en la palabra del día: vulnerabilidad, pero mencionarla ante Francisco podría echar al traste su elaborada argumentación, él tenía su creencia: vulnerabilidad, fragilidad y todo lo que signifique debilidad conducen a la quiebra de La Compañía. Francisco no lograba ver que puede ser más fácil que se quiebre algo rígido y robusto. Depende del golpe.

Francisco y Guadalupe presentaron sus reparos. Su prioridad estaba más en dar una respuesta inmediata a la publicación reciente que mirar el problema desde una perspectiva más holística. Ni entendían la palabra. El largo plazo se construye a partir de la suma de cortos plazos. Si el corto plazo fallaba, lo demás no tendría sentido. Los fondos de inversión no se distraían con noticias de huracanes, con el espíritu de la navidad o con la celebración de la virgen de Guadalupe que ya se acercaba. La confianza era su moneda de cambio y a partir del día siguiente ese capital se perdería. Y con eso la reputación, la inversión y la sostenibilidad.

Francisco se distrajo un momento escribiendo en su celular:

¿Tienes alguien que nos ayude a encontrar quién
está detrás de las publicaciones?

Guadalupe:

Si. Ya estoy en esas Licenciado. Mientras, deje a
Zita avanzar con su idea. Eso la mantiene entrete-
nida.

¿En nuestra vicepresidencia de tecnología hay
alguien que pueda rvevisar?

Guadalupe:

No me parece. Estamos llenos de pendejos
echando código y gastando presupuesto en fierros
de mala calidad. Además, prefiero no hacer ruido
interno con esa búsqueda.

Francisco, fingiendo prestar atención, tuvo un acto de iluminación. Su premisa era ganar tiempo y así lo reiteraba entre sus vicepresidentes. Si su habilidad era saber rodearse de gente más inteligente que él (o así lo afirmaba cada que podía para alimentar el ego de su equipo), tomaría ideas de dos de ellos. Parcialmente. Su otra gran habilidad de liderazgo era el moverse de maneras creativas ante la presión. Qué mejor momento para demostrarlo.

Citó de manera urgente para el día siguiente a los medios especializados en finanzas y *management*, justo antes de la apertura de la bolsa mexicana y de Nueva York. Antes de eso tendría una teleconferencia con los inversionistas. Dio instrucciones específicas a Zita y Guadalupe para preparar los guiones correspondientes. Esta vez no quería dejar nada a su capacidad de improvisación. La nota de prensa posterior a la conferencia, entregada a los medios y enviada internamente por correo y red social interna, decía:

La Compañía agradece a los medios presentes en la conferencia de prensa y, en especial, a nuestros inversionistas, con quienes tuvimos una honesta reunión previa, por la confianza depositada en La Compañía y en las acciones que emprenderemos para responder a ella.

Los momentos posteriores a la muerte de Cristóbal de la Torre, vicepresidente de operaciones, han sido difíciles. Las filtraciones de información asociada a investigaciones internas, nos han hecho conscientes de nuestras fortalezas, pero también de nuestras oportunidades. El ímpetu y energía desbordada de algunos líderes claves por servir a la sociedad a través de nuestros productos y actividades, los han llevado a errores de juicio en sus decisiones y han excedido la capacidad de nuestros sistemas de control para alertarnos de dichas desviaciones.

Cristóbal de la Torre fue consciente de toda esta problemática, la había detectado como parte de su trabajo en el año previo a la formalización de su nombramiento. Un año exclusivo para entender a profundidad qué estábamos haciendo bien y qué no, tanto en nuestros negocios, como en nuestra cultura y valores. Su plan, aclamado por la junta y que lo hizo justo sucesor para enfrentar los retos que La Compañía tiene a futuro, es un camino que deberemos recorrer, complicado sí, pero necesario para la sostenibilidad y perdurabilidad de La Compañía.

Francisco Patrón, como presidente saliente de La Compañía, confía en la sabiduría de la junta directiva y en la humildad del sucesor que se designe, para seguir adelante con la transformación que soñaba Cristóbal y así tener una compañía más esbelta, ágil, innovadora, resiliente, eficiente, competitiva y, ante todo, consistente con sus valores, para no volver a fallarles a quienes han confiado en nosotros.

Intuía que su plan podría desmoronarse rápido. No le importaba. Solo pretendía resistir hasta la jubilación. De ahí en adelante La Compañía sería pasado. El balón estaba en cancha de un sucesor ahora inexistente. El plan de Cristóbal siempre le supo a mierda. Su voto fue en contra del plan, pero a favor de Cristóbal. Por descarte. Seguía sin estar convencido, pero apoyar su mapa de ruta sentía que era su única opción. Su nombre para la posteridad de la administración en Latinoamérica estaba casi asegurado. Sería el Jack Welch latino, una forma de gestión y un estilo de liderazgo para un momento específico. ¿Era el estilo adecuado para el futuro? Son juicios que la historia hará, pero no dejarían de ser suposiciones. Y en el mundo empresarial solo importan los hechos y datos concretos, verificables y estadísticamente representativos.

Al inicio de la tarde, Francisco y Guadalupe se encontraron en el comedor privado de La Compañía, en el piso 25, justo abajo del helipuerto. Todo el piso es ocupado por los restaurantes con diferentes especialidades: mexicana, asiática, parrilla y saludable. Hornos de microondas para quienes llevaban sus alimentos. Máquinas dispensadoras con *snacks* del negocio de alimentos de La Compañía. Televisores, con imágenes de deportes, noticias o información corporativa, distraen a la gente. Una puerta discreta, con acceso controlado, es el paso a los comedores privados para atenciones a personas externas o reuniones de personal interno con rango de Director hacia arriba. Son atendidos por meseros mejor vestidos que los comensales y debidamente entrenados para no escuchar ni recordar a quienes asisten. México puede ser el país del mundo donde los restaurantes, de cualquier especialidad o precio, tienen más ocupación durante el día. No importa la hora. Las comidas de trabajo tienen su estatus. Un desayuno de trabajo se utiliza para temas operativos: reuniones de jefe-empleado que no se quieren abordar en la empresa o reuniones de equipos de trabajo con su líder. Las comidas y las cenas se utilizan para personas externas, usualmente proveedores, clientes, consultores y similares. La cena destina tiempo personal para el evento y por ello es exclusiva para altos ejecutivos y decisiones críticas con impacto financiero en el negocio. Mención aparte merecen los *table dance* de trabajo.

Se hacen después de la cena, si el acuerdo es: a) altamente favorable para ambas partes y b) todos los asistentes son hombres. Se acude a un *striptease*, con mayores ingestas de alcohol, y otros rituales de exceso ejecutivo acorde a cada cultura organizacional (tip para directivos: asegúrese con el establecimiento cómo aparece la transacción en la tarjeta de crédito, para saber si usa el plástico empresarial o el personal).

—Estoy hasta la madre con este rollo del blog. Aprovechemos la última publicación y que salga a flote toda la información que tengamos de Cristóbal. Toda —dijo Francisco a Guadalupe como buen y ocupado ejecutivo, sin perder tiempo—. No sé mucho de redes sociales, pero espero que se arme un pedo grande y ayude a bajar el endiosamiento que han hecho de él. Lo han convertido en un mártir. Es tan mal muerto como lo hubiéramos sido tú o yo. O peor.

Guadalupe le sirvió agua a Francisco y luego a él mismo.

—Licenciado, ¿qué le preocupa de toda esta filtración de información? ¿Qué es lo peor que se podría saber de usted? —preguntó Guadalupe. Quería estar preparado para los aspectos legales que se podrían venir

—Guadalupe, me has acompañado por muchos años. Desde antes de llegar a La Compañía. Menciona cualquier infracción: dobles contabilidades, alteración de indicadores de gestión, espionaje a competidores, enriquecimiento lícito, pero no ético, por uso de información privilegiada. Sexo consensuado con mujeres en niveles inferiores de la jerarquía, fuera por un puesto o no, en algunos casos fue un simple fetiche de ellas con la jerarquía. Ahora lo llaman acoso, muchas ocasiones ellas lo propusieron. Lo único por lo que no pasé fue por consumo de drogas, a pesar de ser hoy común entre ejecutivos. Me causaba más adicción el poder y lo que hacía con él. Fueron otros tiempos, nada era mal visto. Era necesario para ascender en la resbalosa y espinosa escalera corporativa. Si no lo hacías, ya estabas en desventaja con el resto. No me hago bolas con eso. Hoy sigue estando presente, pero somos solapados. Hay mayor vigilancia y exposición mediática, esa es la diferencia. ¿Qué me preocupa? No lo sé. Ser el causante de la muerte de alguien.

El mesero entró a servir el plato principal. Francisco prefirió guardar silencio, aunque peores temas había tratado en frente de ellos. Luego continuó:

—Me explico: no he asesinado a nadie. Una orden en ese sentido no ha salido de mi boca. Pero detrás de las decisiones que tomo hay afectación a muchas personas. Creo que he incidido en algunos suicidios. No me ocupa. Mentes débiles. Selección natural. Pude ser la gota que derramó el vaso de mayores problemas que tenían. Mi presión por resultados generó solicitudes ambiguas y acciones ilegales para adjudicación de contratos o evitar investigaciones. ¿Incluyeron asesinatos? Podría ser. Nunca quise meterme en detalle. En realidad creo que es extremo hablar de muertes. En el mundo organizacional el silencio se resuelve más fácil. Con dinero, con poder, con grabaciones, con acuerdos de confidencialidad. ¿Alguien se revela? No se necesita asesinato o tortura. Basta con arruinar la reputación y mover los contactos para que esa persona no pueda trabajar en ningún otro lado. Es una muerte en vida.

—He sido sus brazos para todo eso. No espero una explicación. ¿Siente algo de culpa por lo que hemos hecho?

—No, ninguna. No puede ser malo lo que eran costumbres extendidas. La humanidad está llena de culpas posteriores por efectos que no podíamos anticipar. Las cruzadas. La inquisición. La muerte de Cristo. La contaminación y el calentamiento global —respondió Francisco para luego contra preguntar—. ¿Y tú?

—Cada año hago un ritual para redimirme de las culpas y pecados acumulados. La fecha se aproxima. Eso me evita el remordimiento —dijo brevemente Guadalupe e hizo su propio cuestionamiento—. ¿Qué tan bajo está dispuesto a llegar para resolver esta situación?

—Híjole —dijo Francisco y se quedó pensativo por unos segundos—. Luchamos con un enemigo virtual y oculto. Son nuevos tiempos;

maldita tecnología. Extraño los enemigos conocidos. Ahora es diferente. Odio la cobardía. No merece que me enrede la mente y ensucie tus manos. Definitivamente este ya no es mi juego, no tengo las capacidades para jugarlo de manera apenas aceptable, menos aún para ganarlo. No se ni de dónde viene. ¿Crees que pueda ser alguien de adentro?

—Lo he pensado, pero no creo, ¿quién se atrevería a patear la lonchera y arriesgar su futuro para toda la vida? —explicó Guadalupe —. Los cuates brillantes de La Compañía están de nuestro lado, y en niveles inferiores no los creo capaces. No tienen el acceso a la información, ni el tiempo, ni la malicia, ni los huevos bien puestos para atreverse. En todo caso estamos monitoreando chats, llamadas y correos electrónicos.

Terminaron de comer sin cruzar más palabras. Luego del postre favorito de Francisco, crepas con cajeta, mientras subían hacia al helipuerto para tomar la aeronave que lo transportaría a su casa en Valle de Bravo, le hizo una solicitud a Guadalupe:

—Ya no importa qué pasa con La Compañía. Ayúdame a proteger mi reputación. Fuera del cargo y de la empresa no tendré los recursos ni el poder para defenderme.

## Capítulo VII

## Pasividad

El intento de detener las opiniones en redes sociales fue contraproducente. En menos de dos días la cuenta de *@Cristobal_legado* llegaba a más de cien mil seguidores, la gran mayoría de La Compañía, y crecía el número de externos. La cuenta tenía tanto personas a favor, como detractores y críticos. El sueño de un *community manager*. Ibeth supo que no debía desaprovechar ese caudal para crear una avalancha. La fase dos comenzó sin un plan definido. Cada día traería su afán. La publicación de la tercera palabra del que ahora llamaban «El manifiesto de Cristóbal» sería el pequeño empujón de la bola de nieve:

Imagen: Una foto tomada por Cristóbal desde el vehículo al monumento a Colón, en el paseo de la Reforma de la ciudad de México.

AUTENTICIDAD: Reconocer tu identidad, quién eres realmente, es el paso siguiente a la vulnerabilidad. Comparto mi nombre con el descubridor de América quien arriesgó su vida por lo que todos creían una aventura sin retorno. En ese camino tuvo detractores y otros que creyeron en él. Un justo e inesperado premio: encontró un mundo nuevo.

Otra Imagen: Cristóbal en una selfi caminando por la Calle Amberes, en la zona rosa. Es visible la fachada de la tienda por departamentos de La Compañía.

A las empresas les gusta clasificar a las personas. Eliminar la singularidad y las motivaciones individuales en función de un objetivo superior organizacional. Clasificar para controlar. Clasificar para predecir. Cada persona es no repetible y no divisible. Eres más que un cargo, una dirección de correo, una suma de competencias y un número interno de identificación. La diversidad nos enriquece como personas y Compañía.

¿A qué te ha hecho renunciar La Compañía que sea parte de tu identidad? ¿Qué has incorporado en tu identidad gracias a tu historia en La Compañía?

Angélica pudo comprobar de primera mano el impacto de los mensajes. Asistió a una reunión de la vicepresidencia de tecnología para la presentación del plan de trabajo del siguiente año. Esas típicas reuniones decembrinas que llenan la agenda y obligan a las personas a presentarse a trabajar o evitan la escapada tempranera para las compras navideñas. Antes de la reunión, mientras llegaban los directores y la vicepresidenta (el manual no escrito de funciones y protocolo dice que deben hacerse esperar), los pequeños grupos de trabajo comentaban las publicaciones. Hablar, hablar, hablar. De ahí no se pasaba. Críticas de La Compañía y de los líderes. Pero hasta ahí.

También estaban los rumores del despido de gente. Las versiones populares llegaban a más de cincuenta sancionados. La Compañía informó oficialmente de veinte. Un director de tecnología entre ellos. «Ninguna sorpresa», decían. «Antes se habían demorado», opinaban otros. «Consecuencias de la salida de José Luis y la investigación interna que el área de auditoría inició después», explicaban los que buscaban mostrarse más informados. «Por eso mataron a Cristóbal», se aventuraron a decir en un pequeño corrillo en el que estaba Angélica.

Unas semanas después de la notificación de los finalistas del *reality* y ante las tensiones que empezaban a crecer en el comité ejecutivo, Francisco cedió a las recomendaciones de Alberto. El equipo completo se fue por tres días al caribeño Puerto Morelos a un ejercicio de integración y desarrollo de equipo en un hotel a mitad de camino entre

Cancún y Playa del Carmen. Querían huir del invierno en la ciudad de México, que aunque menos extremo que el del norte del país, estaba siendo especialmente frío. Había miembros nuevos y eso siempre cambia la dinámica. Nuevos celos, nuevos egos, nuevos secretos, nuevas intrigas. Adela en la vicepresidencia de transformación digital (un nombre nuevo y a la moda para la vicepresidencia de tecnología, al que la gente aún no se acostumbraba), una brillante ejecutiva que venía de trabajar en la meca del emprendimiento tecnológico. Enrique en la vicepresidencia de planeación y gestión, el jefe de Jacobo y anterior compañero suyo y a quien el cargo le estaba quedando grande. Tenía las capacidades, pero no lo disfrutaba. Había llegado tan alto como era capaz, pero más alto de lo que hubiera querido. Sin embargo, la presión social lo había hecho aceptar el ofrecimiento. Escalar como señal de éxito. Hay que llegar a la cima. Se ve mal querer quedarse en uno de los campamentos intermedios. No a todos les gusta el frío, la falta de oxígeno y el exceso de nieve, rocas filudas y despeñaderos que hay arriba.

Después de fingir por un día en dinámicas de grupo, construcciones, acuerdos y compromisos que serán olvidados tan pronto crucen la puerta del hotel, y de un intento fallido de crear confianza en el que cada uno les dijo a los otros lo que admiraban y lo que les «invitaban» a cambiar, con abrazoterapia incluida, terminaron en una cena privada en el mejor restaurante de especialidades del hotel. Allí, el licor fue más efectivo que el pesado consultor para soltar la lengua y facilitar la escucha. La jornada terminó con la sorpresa preparada por Alberto de una función exclusiva del Circo del Sol en un hotel cercano. Pan, vino y circo salvaron el día.

Para el segundo día, Francisco quiso que los otros vicepresidentes les presentaran a Cristóbal y José Luis «tendencias y mejores prácticas globales» (ese nombre elegante para no atreverse a hacer cosas diferentes y disfrazarlas de innovación). Cada uno, en su tema, debía además proponer cuáles de ellas deberían ser consideradas por los finalistas en sus ideas de estrategia. La lluvia mañanera ayudó a que pudieran prestar atención.

La tarde estuvo destinada para que el equipo se reuniera en la playa y compartiera socialmente. Conocer las personas detrás de los títulos jerárquicos y armaduras corporativas. El hotel, perteneciente a La Compañía, aisló su mejor playa para que el comité pudiera departir (ponerse pedos) en privado. Mesas con refrescos, agua, variedad de licores, botanas y un trompo de tacos al pastor estaba a su disposición. Después de un rato en el que hicieron su mejor intento de socializar y verse como un equipo unido, se separaron en los subgrupos naturales y al filo de la medianoche ya se había dispersado. Los más ebrios se habían ido a seguir la fiesta en las discotecas de Playa del Carmen, otros se habían ido a dormir. Zita y Alberto caminaban por un circuito bordeado de palmeras que recorría las piscinas, lagunas artificiales y zonas comunes del hotel para ramificarse hacia los diferentes edificios de habitaciones.

—Alberto, lo que presentaste de tendencias en gestión de personas y lo que estás proponiendo para La Compañía de «humanización», es extraño para mi gusto. Que las empresas sean más humanas. ¿Qué onda, y es que hoy no lo son?

—Las empresas son máquinas que desconocen la parte emocional, los empleados somos seres humanos con sentimientos y emociones. Y si no, mira este equipo cómo nos ha costado hablar de lo que es obvio y llevarnos bien entre nosotros. Eso fue aceptable y extendido por mucho tiempo, pero la revolución digital cambió las reglas de juego. Las personas son cada vez más vitales. El conocimiento y la innovación es ahora lo más importante. Y para eso las personas deben sentirse bien. Todo será diferente cuando las personas puedan ser realmente ellas en el trabajo. Cuando la empresa le dé importancia a la felicidad —dijo Alberto repitiendo frases que le sonaban ajenas, como si él mismo fuera un robot escupiendo lo que había oído decir a otros.

—Suena muy romántico, pero iluso: es una humanización ficticia. Parcial. Otra máquina —dijo Zita tomando aire para una disertación más larga—. Los seres humanos no somos solo nuestro lado brillante y mágico, el lado que tiene sueños, que quiere desarrollar su potencial y ve el mundo chido, el que magnifican los expertos en motivación. El ser humano es ambiguo, es complejo, tiene miedos, no le gusta mirarse por dentro, tiene envidia, sobrevalora sus capacidades, es perezoso, quiere comodidad, piensa en sí mismo y su sobrevivencia. Las empresas tienen la ilusión de un ser humano que sirva a sus intereses: flexible, que cambie constantemente, que solo mire el futuro y no el pasado, que desarrolle nuevas capacidades y deje a un lado las que le dan su identidad. Órale. Ese ser humano no existe en las generaciones actuales, no estamos cableados así. La tecnología y los procesos evolucionan más rápido que las personas. Eso posiblemente sucederá en generaciones futuras. El ser humano hoy está en una transición ansiosa y nadie se está ocupando de ella. Creemos que el ser humano ya tiene el nivel de conciencia para querer ese cambio. Y, así lo quisiera, una cosa es quererlo y otra poder hacerlo. Esa diferencia genera frustración, miedo o confusión porque sabe que necesita nuevas habilidades, pero no sabe cómo hacerlo. Por eso viven mejor los inconscientes, ni siquiera se han hecho preguntas que solo enredarían su cabeza.

—¿Por qué ese juicio tan fuerte? Me extraña. Tú eres socióloga. Vienes del mundo académico.

—Precisamente por eso, trabajé con grandes investigadores que se han hecho estas preguntas. Los meros meros, dirían mis alumnos. No me malentiendas. No es que yo no lo quiera, pero lo haría de otra manera. No sé si sea posible despertar a todos. No sé si sea prudente hacerlo. Un millón de personas pensando es un riesgo. ¿Cuánto cuesta? ¿Cómo manejarlas? —dijo Zita, y pasó a explicar las hipótesis que surgieron de sus investigaciones—. Es crear un sistema de castas moderno, utilizando la tecnología para bien. Solo basta despertar y poner en otro nivel de conciencia a los que ponen las reglas del juego, los que crean los algoritmos, los que diseñan los productos. El resto cree que tiene el control, como cuando buscas una película en Netflix o una canción en Spotify: eliges entre las opciones que el algoritmo te propone. Somos felices y tenemos libertad en el espacio que ellos han diseñado para cada uno de nosotros.

Zita, viendo la cara de Alberto que parecía no entender mucho, le dio un ejemplo:

—Hace unos días estuve de compras en uno de esos grandes almacenes con membresía, Sam´s Club o Costco, no recuerdo cual. Todas las cajas registradoras con filas inmensas, carros de mercado que se desbordaban, llenos de comida, paquetes gigantes, nada nutritivo, televisores, treinta pares de medias, cincuenta repuestos de cuchillas de afeitar, ochenta baterías AAA y otras cosas inútiles o exageradas. Casi todas las personas con sobrepeso. Todos autómatas. Todos felices. Si cambian las personas que los condicionan, cambian lo que consumen. Una nueva felicidad. Más responsable. Sin desmadres.

—¿Entre José Luis y Cristóbal quién te late, quién crees tú que sería el indicado? —preguntó hábilmente Alberto después de un significativo silencio, para salirse de un tema que lo desbordaba. No quería escuchar más, pero entendió su punto. Era uno de esos que quería seguir siendo autómata.

—En este momento, ninguno de los dos. Cristóbal quiere dar y hacer un cambio. Me propuso reunirnos en unas semanas para ayudarlo a pensar en su plan. Quizás le exponga algunas de estas ideas.

Francisco citó a una reunión del comité ejecutivo con la excusa de ver los resultados de noviembre de los diferentes negocios y el impacto del «buen fin» en los ingresos. A la fuerza quería que La Compañía volviera a la normalidad. Enrique lideraba la reunión, su vicepresidencia era la responsable de consolidar y preparar los informes de seguimiento. Un director del equipo de José Luis, que había sobrevivido a la barrida ética en el área, presentó los resultados financieros. Todos fingían prestar atención y respondían, esporádicamente, a comentarios que llegaban por WhatsApp entre ellos mismos:

Alberto a Zita:

¿Si deberíamos estar viendo estos temas?

¿Y si no, cuáles?

El barco se hunde. Hablemos de lo de José Luis o la salida de treinta personas y otras treinta que nos resistimos a sacar.

Dilo tú. El tema de gente es tuyo.

Noooooo. Ya me imagino la reacción de Guadalupe o Francisco.

Enrique a su equipo, fuera de la reunión:

Esta presentación tiene errores en varios resultados. Estoy aquí inventando números. No me hagan esto.

¿Y se han dado cuenta?

Hasta ahora no. Todos asienten con la cabeza. Creo que ni están prestando atención.

Director financiero a director de operaciones. En ausencia de Cristóbal, ambos invitados a la reunión:

Wey, raras estas reuniones. Un ambiente tenso pero todos disimulan.

Sí. Nadie dice nada. ¿Te diste cuenta que hay errores? Decimos algo

Si ellos no dicen nada, menos lo debemos hacer nosotros.

Tienes razón. Aquí nos están evaluando para ser reemplazo de nuestros jefes. No debemos mostrarnos muy diferentes. Veamos cómo se comportan ellos.

La reunión terminó en el tiempo planeado. Se resolvieron algunas dudas menores. Francisco les agradeció a todos por el éxito de la reunión y el profesionalismo con que estaban afrontando la pequeña crisis que vivían. La capacitación en reuniones efectivas mostró su impacto. ¿O fue la de diplomacia, respeto y etiqueta corporativa?

Angélica le siguió el juego a Ibeth y propuso una jugada atrevida para crear una avalancha en varios niveles. Pasar del dicho al hecho. Del comentario y el «me gusta» a la acción. Un atrevimiento medido en la sensible escala de riesgo organizacional. Lo que en las empresas puede sonar atrevido, socialmente sería conservador y en una novela o en el cine se vería como aburrido. Querían probar hasta dónde podrían contar con la gente. Una manifestación de autenticidad. En el primer nivel, invitaron a la gente a transgredir las normas de vestuario en los diferentes países y sedes. Que sus ropas reflejaran su identidad. Un mismo día para todos. El día sin disfraz lo llamaron. La etiqueta #ElDiaSinDisfraz fue tendencia. Decenas de miles de fotos se publicaron en respuesta. Unas permitían ver el rostro, otras se cuidaron de hacerlo. Tenis, jeans rotos, cabello suelto o teñido de colores, camisetas, vestidos. Hombres y mujeres trans se animaron a dar el paso e ir vestidos acorde a lo que sentían y eran en su interior.

El segundo nivel de acción pasó al lugar de trabajo. La Compañía había instaurado una especie de armonía visual. Los cubículos, oficinas y espacios individuales tenían prohibido exhibir objetos personales que alteraran la imagen corporativa definida. Una higiene extrema. Todos los pisos eran exactamente iguales. Los más osados tenían una foto de su familia, un dibujo realizado por sus hijos o una taza personal para el café. Ni siquiera eso estaba permitido. #MiEspacioMiIdentidad fue una nueva tendencia. Las fotos de los espacios personalizados llegaron por cantidades, al igual que los mensajes de agradecimiento por la genial idea.

La Señora Compañía no intervino en estas manifestaciones de identidad. Eran sus niños haciendo una pijamada o adolescentes decorando su cuarto. Nada de qué preocuparse, decían en el equipo de Zita, que seguían la cuenta creada por Ibeth. Hay que tener a los amigos cerca y a los enemigos más cerca, decía Sun Tzu en una frase típica que citan los expertos en estrategia (lamento decirles que en realidad es de Michael Corleone en el Padrino II, las buenas prácticas de los malos negocios, eso sería un buen libro de *management*). Contrario a lo que pensaron los *insiders*, en lugar de crear la avalancha que deseaban, parecía que toda la tierra del deslave fue usada por la empresa constructora de La Compañía para crear una linda cancha de golf para sus altos ejecutivos. El rápido impacto de este par de acciones en la motivación de la gente hizo que en el área de gestión humana adelantaran la medición de clima laboral y así mostrar mejores resultados. También revisaron de manera urgente sus políticas de vestuario y ambientación del lugar de trabajo. Mínimo ocho meses se requerirán para que se aprueben.

Angélica e Ibeth decidieron tomar esto como un experimento fallido y no como una derrota. Las personas habían actuado y estarían abiertas a una tercera propuesta. Un golpe más directo:

Imagen: La misma de Cristóbal en la calle Amberes, con un acercamiento que muestra detrás la bandera de arcoíris que simboliza la comunidad LGBTI.

Mensaje: La Compañía tiene declarado el valor de la Diversidad. Si eres miembro de la comunidad LGBTI, ¿qué tanto crees que esto es cierto? ¿Has podido expresarlo y actuar libremente? ¿Has sufrido alguna discriminación?

La redacción de los comentarios que surgían ya eran, en sí mismos, una evidencia clara de la falta de apoyo a la diversidad. «Sé de alguien que ha sido discriminado...», «yo no soy, pero una compañera...». Una de las primeras en hablar en nombre propio fue Angélica, acompañada de una selfi con un efecto de la bandera arco iris en marca de agua:

"Llevo poco tiempo en La Compañía, pero sí he visto la discriminación. Las personas que ya previamente conocía de la comunidad, aquí hacen hasta lo imposible por ocultarlo. Para mí, que mi condición es conocida y apoyada por mi familia, esas mismas personas me recomendaron no hacerlo público en la oficina. Hasta hoy" #OrgulloLGBTIenLaCompania.

Los tres amigos se reunieron en El lugar de la mancha. Luego de las expresiones sinceras de apoyo entre cuates, Angélica les hizo una confesión adicional:

— Gracias, ustedes se han vuelto mi manada. Neta. Ni parece que soy yo. Me doy asco de mí misma por lo cobarde, pero el peso de la estigmatización está cañón. ¿Qué creen? Hay algo importante que no les he contado. La foto que publicó Cristóbal es en la calle Amberes, un lugar reconocido en la comunidad LGBTI. Allí hay restaurantes, cafés y bares dirigidos a la comunidad, pero a los que pueden ir también «héteros». ¿Por qué allí la foto? Ya saben que me dan hueva las casualidades. Hay más de cien tiendas nuestras en la ciudad. ¿Por qué esa tienda, en esa calle, para su mensaje de autenticidad? Existía el rumor que Cristóbal era gay. Al principio no le presté atención. En este país, a muchos empresarios, políticos y deportistas exitosos les inventan el chisme que son puñales.

—Ya estás dando tantas vueltas como yo para explicar el tema —cobró revancha Ibeth—. ¿Cristóbal es homosexual?

—¿Que es esa palabra? Neta. Me suena peor que decir joto o puto —replicó Angélica abriendo su ipad—. A las cosas por su nombre. Gay, lesbiana, trans. Quiero mostrarles este comentario a la publicación que hicimos:

Ser gay en La Compañía y en la mayoría de empresas mexicanas es imposible. Nuestra cultura del mero macho y profundamente católica lo hacen aún más difícil. Es una cultura solapada. Acepta más fácil un sacerdote pederasta que un directivo puto. Renuncias a ser tú por encajar en una sociedad que disimula pero, al final, te señala y rechaza. Te escondes. Te niegas a ti mismo. Hieres a quien más deberías cuidar o renuncias a él para verlo cumplir sus metas. Amor y éxito profesional son excluyentes si eres LGBTI. Poco a poco vas muriendo. Viviste en un engaño, no a los demás, sino a ti mismo. Esperas que ese Dios en el que aprendiste a creer (no el que te enseñaron, pues ese no te aceptaba), te acoja. Será el único momento en que podrás ser completamente tranquilo y feliz.

—¿Quién la hace?, preguntó Ibeth.

—Fíjate que cuento el milagro, pero no el santo. Chambeó en La Compañía hasta hace cinco años. Ahora tiene su propia empresa y es proveedor nuestro en tecnología. Era la pareja de Cristóbal. Lo confirmé con un carnal que conocía a ambos.

—Su mensaje muestra un profundo dolor. ¿Lo conoces? preguntó ahora Jacobo.

—¿Y tú crees que nos conocemos todos? ¿Vivimos en una orgía permanente? —contestó molesta Angélica.

—Deja la pinche prevención. Tú estás en tecnología. Él podría tener información que nos ayude a esclarecer la muerte —explicó Jacobo.

—Disculpen. Neta. Me encabrona este tema. Es desesperante todo lo que escuchas y aprendes a tragarte —dijo Angélica secándose las lágrimas con la manga de su camisa—. Sí, lo conozco someramente. Buscaré la forma de acercarme a él.

Guadalupe encontró en el Instagram creado por Ibeth la mejor forma de cumplir la solicitud de Francisco y afectar la imagen de Cristóbal. No podía hacerlo por los medios corporativos. No debía ser la misma empresa la que afectara la imagen de su futuro presidente. También había aprendido la lección de que, en estos casos, el flujo espontáneo de información, el morbo asociado y provenir de alguien que pareciera uno más, haría que se viralizará más rápido. Acudió a sus contactos en los bajos mundos y encontró quién le suministrara perfiles falsos, creados por *bots*, que comenzaran a seguir la cuenta de

Cristóbal y que publicarían la información que Guadalupe deseara. La más efectiva: la falsa soportada en bases verdaderas. La que más efecto causó, la homosexualidad de Cristóbal (verdad), convertida en acoso, pues les proponía relaciones a muchas personas en La Compañía (falso). Los perfiles falsos reforzaban el comentario y algunos aceptaban haber cedido por la presión de perder su trabajo (también falso).

## Capítulo VIII

## *Perplejidad*

En México la semana santa es un período de receso más largo que lo señalado por su nombre. Los colegios descansan los siete días tradicionales y los siete siguientes. Las familias aprovechan para tomar vacaciones y en las empresas hay menos reuniones, menos correos y menos urgencias. Cristóbal no viajó a visitar a sus hijos. Las parrandas del *spring break* de las universidades gringas vencieron por *knock out* a una aburridora visita familiar. Usó esos días para hacer los primeros rayones de la estrategia que quería proponer seis meses adelante a la Junta Directiva.

Zita y Cristóbal se encontraron en el departamento de ella para evitar las distracciones de la oficina. Luego de tres años de trabajar juntos, tenían una relación cordial, pero superficial, como suele suceder entre ejecutivos. El mito de separar lo laboral y lo personal. Ambos tenían temas ocultos que no se atrevían a compartir con el otro. Crecería la vulnerabilidad. Crecería la confianza.

Ella le contó de su experiencia académica, su licenciatura en sociología y antropología, sus maestrías y doctorado. Sus investigaciones aplicadas a las empresas. Le prometió pasarle algunos de sus artículos publicados. En respuesta, Cristóbal le contó la historia de su empresa familiar, la compra por La Compañía. Con algo de vergüenza le confesó que no hizo estudios posteriores a su título profesional, y enfatizó en la inmensa y desarticulada cantidad de formaciones en liderazgo, competencias, talentos, y nombres similares que La Compañía le había dado. Le dijo que era un ávido lector de libros de *management* y de allí tomaba muchas prácticas que usaba en su día a día. Se le olvidó mencionar la formación que estaba recibiendo en alta dirección en Harvard.

Este preámbulo le abrió el espacio a Zita para hacer su confesión principal. Su relación familiar con el dueño. Eso la hacía a ella una de las seis herederas de la participación accionaria de su padre y beneficiaria anual de un pequeño porcentaje de utilidades por las acciones que él le había transferido. Sabía que debía haberlo hecho tiempo atrás, pero era el acuerdo que tenía con La Compañía.

—¿Tú crees que con el salario de dos profesores podríamos tener un departamento de este tamaño y en este condominio? No nos daría la lana —se rió Zita tratando de justificarse.

—Híjole. Jamás lo hubiera imaginado —dijo Cristóbal sorprendido sin poder articular más palabras.

—No me siento muy orgullosa del apellido. Por eso en algún momento decidí quitármelo. Eso es otro rollo.

—Eres muy crítica de La Compañía. ¿O nos estás dando el avión? —preguntó Cristóbal buscando entender—. ¿Por qué estás aquí entonces?

—Francisco me buscó para el cargo. Y aunque tampoco soy muy fan de su estilo, de plano me pareció una excelente oportunidad para pasar de la teoría a la acción. Probar lo que ha estado en mi mente por años. Siempre me rehusé, a sabiendas que tenía el campo de práctica al alcance de la mano. Mi padre cerró esa puerta y yo no hice mucha fuerza por abrirla. Renegué de La Compañía consciente que era la que me daba de comer y vivir. Era una posición incoherente. La mejor manera de arreglar mis conflictos con mi padre es ayudándolo a transformar La Compañía y la mejor manera de cobrar revancha es incluir en ella mi forma de ver el mundo.

Cristóbal se quedó pensativo un rato y dijo, como pensando en voz alta:

—Me conviene tener a la hija del dueño de mi lado. Es como ser candidato a primer ministro y tener el guiño del Rey.

—Fíjate que no sé si ayudarte en la construcción de tu plan sea una ventaja o, más bien, algo que juegue en tu contra. No soy el Rey, más bien una princesa incómoda. Mi padre no me quería trabajando en La Compañía y si supiera que ayudé en tu propuesta podría ser contraproducente. Así que esto queda entre tú y yo. ¡Ah! y avísame si en tu mente pasé de ser Zita a la hija del dueño. Eso es precisamente lo que me encabrona. Estar a la sombra de mi padre.

—Estaba bromeando —se apresuró a decir él.

Cristóbal quiso retribuir la confianza con sus propias confesiones, pero años acumulados de otra forma de actuar no se cambian tan fácil. Prefirió acudir a palabras usadas por Zita como plan o estrategia y, más cómodo, pasó a contarle sus hallazgos, sus ideas y, ante todo, sus preocupaciones. Pensaba reducir La Compañía de tamaño, salir de las operaciones con márgenes muy inferiores al esperado, aquellas que requerían altas inversiones para estabilizarlas y negocios que quedarían obsoletos en poco tiempo por las nuevas tecnologías y cambios en el consumidor. Aun no tenía dimensionado el impacto del movimiento, pero un cálculo rápido le daba indicios que la rentabilidad sería incluso mayor, aunque el volumen de utilidades se disminuiría por un tiempo.

Zita tuvo su momento de perplejidad. En los tres años que llevaba en La Compañía intuía que no todo estaba tan bien como Francisco mostraba en sus informes, pero no tan mal como le estaban revelando ahora. Le preocupaba la ceguera o condescendencia de los integrantes del comité ejecutivo. Le angustiaba saber si su padre era consciente de todo lo que sucedía. Cuando ella era adolescente y su padre era el presidente de la empresa que antecedió a La Compañía, él se involucraba hasta el más mínimo detalle. Con el tiempo, su padre trajo a Francisco, un ejecutivo más hábil y ambicioso qué él. Ella desconocía qué injerencia tenía su padre en el conglomerado que era ahora La Compañía.

Acordaron reunirse una vez al mes, en secreto, para construir el plan de Cristóbal. Se fijaron tareas de consecución de información y entender mejor la situación de los negocios de La Compañía. A Zita le convenía aprender más sobre elementos financieros, algo en lo que Cristóbal, sin ser experto, dominaba muy bien. Ella, a su vez, se comprometió en explicarle a él cómo funcionan los seres humanos en comunidad y, en específico, en las organizaciones. Ella lo convenció de que era esencial para poner en práctica su plan. Zita supo que Cristóbal, formado entre máquinas, números, procesos y acatar órdenes, retaría todas sus habilidades académicas. Sería su pequeño experimento.

El Procurador General de la República citó a Francisco a su despacho y este, en muestra de poder, le propuso tener la reunión en los elegantes comedores del corporativo de La Compañía. Quería jugar de local. El procurador tajantemente se negó. Era una citación formal. Mala señal pensaron todos. Asistió acompañado de Zita y Guadalupe.

Habían pasado apenas tres semanas desde el accidente. Tenía el informe final de la investigación del accidente del avión y quería darlo a conocer a los implicados antes de la rueda de prensa citada para el día siguiente. La investigación era concluyente: error humano. La pérdida de altitud que el avión presentó antes de la solicitud de regreso fue una señal de protesta de los pilotos al nuevo presidente de La Compañía por el cambio a contratos de trabajo con menores condiciones y jornadas laborales más extensas, tras la venta del avión al nuevo negocio de vuelos corporativos. Así lo evidenciaba el registro de voces en cabina. Solo era eso, un susto. Un mensaje. Pero pudo ser el detonante del error humano.

Sobre las causas de la muerte de Cristóbal, las señales seguían sin ser concluyentes. Posiblemente nunca se sabría si estaba muerto al momento del impacto. El registro de voces indicaba que instantes antes al descenso precipitado le habían servido la cena, una atención de Guadalupe por su nombramiento. Otro lacayo hincándose ante su nuevo amo. El descenso abrupto de protesta estaba planeado para hacerlo durante la cena. Arruinársela. En realidad el susto pensaban dárselo a Francisco. Él firmó el traspaso. Les cambiaron el pasajero. Mejor aún. Luego del descenso, el copiloto salió de la cabina para dar el mensaje asociado a la protesta. Regresó acelerado gritando que el presidente estaba desmayado fuera de su silla. Trataron de hacerlo reaccionar, pero no fue posible. Alertaron a la torre de control, pidieron permiso y prioridad de regreso a Mérida, el aeropuerto más cercano. Se les concedió, pero con indicaciones específicas por los residuos del huracán. Luego de eso no hay más menciones sobre el pasajero. Los pilotos, según las conversaciones, se enfocaron en el aterrizaje. Una secuencia de decisiones erróneas e incidentes desafortunados los llevó al accidente. ¿Y la muerte de Cristóbal? Seguían las hipótesis: pérdida de conocimiento por el descenso, un infarto por su miedo a volar, envenenamiento por cianuro en el whisky, consecuencia directa del impacto, sobrevivió al impacto, pero no a la inhalación del cianuro producido por la conflagración.

Ante la falta de pruebas, la Procuraduría, siguiendo las

recomendaciones de fabricantes, aseguradoras y otros consultores extranjeros, decidió declarar la muerte de todos los pasajeros y tripulación como consecuencia del impacto. Era la causa más probable. Era la que más les convenía a todos. El procurador también le debía favores a La Compañía.

Francisco, Zita y Guadalupe dieron su visto bueno a la publicación de la investigación y salieron de la oficina. Era hora de cerrar definitivamente el capítulo de la muerte de Cristóbal y mirar hacia adelante. Guadalupe se quedó un momento con el procurador. Debía asegurar todos los aspectos legales del cierre de la investigación, o al menos eso le dijo a sus acompañantes.

—¿Ha podido encontrar algo sobre el méndigo blog ese? —preguntó directo Guadalupe al respetable procurador.

—Que falta de diplomacia mi amigo Guadalupe, ¿andas apurado? Déjame te sirvo un tequilita. Tu lengua no es para whiskies, ¿o te volviste fino? O mejor, vamos por unos tacos —respondió el procurador

—No mames, nos conocemos lo suficiente como para desgastarnos en comidas y conversaciones ambiguas. Afuera me espera mi jefe —dijo tajante Guadalupe.

—No hemos avanzado mucho. Creímos que lo teníamos y nos tendió una trampa. Nos tuvo siguiendo pistas falsas por mas de quinientos servidores en todo el mundo. Es un canijo que sabe de tecnología. Puede ser cualquiera, incluso alguno de esos grupos de hackers internacionales que solo quieren crear caos. Es posible que ni estén en México. Si aumentas la lana puedo buscar gente que pueda moverse más libremente.

—Yo soy de vieja escuela, los delitos y los delincuentes digitales me sobrepasan. Usted haga lo que quiera hacer, pero más varo no hay —sentenció Guadalupe con tono de advertencia—. A todos nos conviene que ese blog se caiga y quienes lo crearon paguen su osadía.

—La información publicada es solo de personal y asuntos internos. Más bien parece que tu jefe no está poniendo el interés suficiente. Ten cuidado, ni a ti ni a La Compañía les conviene que él se ablande

—dijo el procurador.

—El licenciado Francisco no se ha ablandado. Creemos que esto es de interés de ambos y el gobierno tampoco parece preocupado y debería estarlo —dijo enfático Guadalupe y pasó a expresarse más claramente—. No sabemos la magnitud de la filtración y a quienes más involucra. ¡Quién chingados sabe qué información tengan de nuestros negocios con el Estado! Pueden estar guardando lo más delicado para después. Yo lo haría.

—Este nuevo gobierno y su supuesta lucha contra la corrupción estaría feliz de que las figuras antiguas cayéramos. Eso les abriría el espacio para poner sus fichas y armar su propia repartición. ¿Izquierdas o derechas?, solo indican en qué bolsillo se guarda la lana. Veré qué puedo y qué quiero hacer —concluyó el procurador dando fin a la reunión.

Guadalupe recordó su última conversación con Francisco en el comedor corporativo y, más que nunca, salió ansioso por la llegada del ritual de expiación de culpas y del nombramiento de un nuevo señor a quien servir. Alguien digno de su lealtad.

Los quijotes del otro lugar de la mancha actuaban coordinados en sus siguientes pasos. La fase dos tomó cuerpo: Ibeth preparaba la siguiente acción de movilización de sus seguidores en Instagram. Angélica buscaba la mejor manera de contactar a la pareja de Cristóbal sin hacerlo huir. Juntas revisaban los comentarios en redes. Jacobo analizaba la información de la siguiente entrega de Jacques.

Los comentarios en contra de Cristóbal crecieron de manera exponencial. Angélica dudó y sus sospechas fueron confirmadas por Jacobo, estadísticamente era poco probable. Identificaron cuentas con inusuales cantidades de contenido, en su mayoría en contra de Cristóbal. Ella hizo seguimiento más profundo y encontró que se movían en horas de la madrugada únicamente. Su redacción era muy básica y predecible. Pensó que podrían ser ataques intencionados hechos por *bots*, programas informáticos que ejecutan acciones repetitivas de manera automática. Lo maravilloso de las casualidades en las que no creía. Tuvo la excusa perfecta para contactar a la pareja de Cristóbal. Su compañía ofrecía servicios de *bots*, inteligencia artificial e Internet de las cosas.

Angélica concertó una cita urgente con él antes del fin de semana. Acudió a su oficina en Reforma 222, un moderno edificio que inició la renovación del paseo de La Reforma con inmensos rascacielos como centro empresarial y de negocios. Cada uno se ufana por unos pocos meses de ser el más grande del país, hasta que un nuevo proyecto al frente de la calle lo superara en altura, diseño, lujo y precio por metro cuadrado. Cristóbal había hablado de mover el edifico corporativo de La Compañía para esta nueva zona. Su sede actual en la zona de Santa Fe, aunque apenas llegaba a los cinco años de construida, se había quedado corta para el crecimiento de La Compañía y obsoleto para la evolución en tecnologías de la información y diseño interior para fomentar el trabajo colaborativo. «Y bueno, también le quedaría más cerca de su pareja. Neta», pensó ella.

Después de cerciorarse que podía confiar en él, Angélica le enseñó la cuenta de Instagram. Él se sorprendió, dijo que la seguía y se apresuró a aclarar que había trabajado en La Compañía. Controló su deseo de llorar y explicó que, efectivamente, la cuenta estaba siendo víctima del ataque de un *bot* bastante precario e identificable. Describió el predecible patrón usado para la creación de los nombres de las cuentas. La redacción de los mensajes, muy similar entre ellos, era también una señal de la tecnología obsoleta usada. No sería difícil identificar el proveedor y rastrear el pago realizado. Llamó urgente a una persona de su equipo y le asignó la tarea. Aunque Angélica se sintió tentada a acompañarlo y recordar sus tiempos de hacker, prefirió quedarse y buscar conversación sobre Cristóbal.

Pablo no pudo ocultar sus emociones mientras veía los mensajes publicados. Rabia, nostalgia, pero también vio señas de arrepentimiento. Angélica tuvo la excusa para abordarlo:

—Sé que Cristóbal y tú eran pareja y lo compruebo con tus reacciones ante los mensajes. Neta. Soy mala para estos momentos emocionales. Mi pésame.

—Gracias, es un dolor muy grande el que siento —dijo Pablo confundido—. Cristóbal y yo fuimos novios, pero terminamos por los días del grito de independencia.

—Qué gacho, ¿puedo preguntarte por qué terminaron?

—Fue mi decisión. Él no iba a ser capaz de tomarla. Fue mi propio grito. Muchos motivos que prefiero guardarme —respondió Pablo de manera cortante.

—¿Pero seguiste en contacto con él? —insistió ella.

—No, ambos estábamos con mucha chamba. Después de la terminación no nos volvimos a ver. Solo mensajes de WhatsApp. Disculpa si no quiero tocar ese tema ahora. Sigue siendo muy difícil —dijo Pablo y salió a buscar qué avances había en la investigación.

Francisco y su esposa solían tomar vacaciones en el verano. Era un ritual familiar que continuó incluso en la época en que sus hijos estudiaron en San Francisco. Los tres, al terminar sus estudios, se quedaron trabajando en empresas del *Silicon Valley* y pocos planes tenían de regresar a México. Cada año recorrían algún continente por más de un mes. En sus últimas vacaciones, medio año antes de su jubilación. Francisco se alistaba para ir a visitarlos. Antes tuvo una conversación con Cristóbal.

—Tú podrías ser mi sucesor. Tú eres el ideal para continuar mi obra —inició diciendo Francisco—. Tienes los mismos deseos de grandeza míos. Lo supe desde la compra de la empresa de tu familia. Te había quedado pequeña. Querías poder. Sabes liderar, pero también aceptas ser liderado. Sabes aguardar tu momento y cuándo reclamar tu espacio. Tú podrías ser mi candidato. Yo tengo uno de los votos finales.

—Conociéndote, hubo una conversación similar con José Luis. ¿Para qué apostar a un solo caballo si puedes hacerlo a los dos en competencia?

—¿Qué gano yo con eso? José Luis es un aparecido. Es una mascota amaestrada y servil. La lealtad es buena para los seguidores, no para líderes. Él espera órdenes y sigue instrucciones. Somos una sociedad clasista. ¿Vendrá de los aztecas? Hay títulos que requieren tener la sangre para recibirlos. Ser presidente de una gran empresa es uno de ellos. La Junta podría elegir a José Luis, pero se estaría equivocando. Podemos hablar de diversidad y nosotros tenerla adentro. Pero afuera es a otro precio. El círculo de presidentes lo rechazaría. Así me lo hicieron saber. Sin embargo, están más dispuestos a recibir a un naco arribista que a un maricón.

Cristóbal entendió para dónde iba el discurso. Siguió escuchando.

—En los altos ejecutivos hay muchas cosas que se perdonan, o que simplemente se pasan por alto. Ser gay no es una de ellas. Menos en este México machista. Puedes tener amantes mujeres, eso hasta se celebra. Puedes dejar embarazada a una empleada. Puedes ser acosador. Puedes separarte para irte a vivir con otra. Pero no puedes ser puto. Menos aún haberlo descubierto después y por ello dejar a tu esposa e hijos. Tú no has salido del closet, pero ya muchos saben qué pasa adentro.

—¿Qué buscas con todo esto? No eres el más apropiado para un discurso ético —dijo Cristóbal, que ya empezaba a sentirse incómodo.

—Yo me desvivo por mi familia. He sido un excelente padre y un buen esposo para los estándares de esta sociedad solapada. Eres una persona divorciada y eso aún es aceptable. Pero no se te ocurra declararte abiertamente homosexual. Piensa en tu familia, piensa en ti. No te digo que pienses en La Compañía. Ella es más fuerte que eso. Pero te podría costar el cargo. Un CEO gay: funciona para Apple, suena bonito. Traducido al mexicano: un presidente joto. Son dos cosas muy diferentes. Nosotros no estamos listos para eso.

—¿Ya terminaste tu lección de diversidad? A José Luis te lo cagas por provenir de otra clase social. A mí por ser gay. Tenemos solo dos mujeres en el comité ejecutivo y una de ellas apenas lleva unos meses. La otra lleva tres años y es la hija del dueño. Solo por dar ejemplos en nuestro equipo. No manches. Bien nos parecemos a nuestra querida patria, un país diverso gobernado por hombres blancos, machistas, corruptos, ricos y por varias generaciones de un mismo partido político.

—No, espera, aún no termino. Y no hagas pancho. Yo no puse las reglas, solo las sigo. Búscate una relación visible con una mujer. Hay muchas actrices, exreinas o personajes en la farándula disponibles, que serían felices de fingir contigo a cambio de estatus. Ya lo hiciste por muchos años. Sabes cómo hacerlo. Si decides continuar con la relación con… ¿Pablo es que se llama?, eso ya es tu problema, pero en lo oscurito.

Cristóbal fue consciente desde su adolescencia de sus preferencias sexuales. Nunca lo habló con su familia o sus amigos pues sentía que había algo mal en él. O eso le enseñaron en el colegio católico donde estudió. Allí aprendió también la doble moral, su primer acercamiento físico fue con uno de los sacerdotes del colegio. Se burlaba, con su grupo de amigos, de compañeros con movimientos amanerados. Lo mortificaba su propia falsedad y saber que él podría ser el objeto de ese matoneo. Aprendió a ocultarlo. En especial para él mismo.

Tenía un imán para las mujeres y tuvo relaciones sexuales con decenas, aunque nunca formalizó un noviazgo. Al terminar la universidad, a los pocos meses de trabajar en la empresa familiar, su padre descubrió su homosexualidad. Y de la peor manera, en un baño de la fábrica. Su padre sintió que le había fallado y no supo cómo ayudarlo. Se alejó aún más y cayó enfermo. Cristóbal fue un estudiante mediocre, un trabajador promedio con ínfulas de grandeza y acosador de sus colaboradores. Tras la muerte del patriarca, Cristóbal se sintió culpable por su rápida partida. Decidió ser heterosexual, un padre modelo y un líder empresarial efectivo y amado por su equipo. Todo lo que la presión social le marcaba.

Fue capaz de hacerlo durante varios años pero su naturaleza fue más fuerte. La razón llegó a nuestro cerebro muchos millones de años después que el instinto y por eso es más débil. La llegada a La Compañía fue la liberación de sus deseos reprimidos o no cumplidos. El poder adquirido le hizo creer que lo podía todo. El tiempo le demostró que tenía razón. Su conciencia se volvió permisiva y luego simplemente desapareció. Empezó su ascenso corporativo y su descenso moral. La Compañía se encargó de su formación en *management* y su deformación en el estilo de liderazgo. Él fue un alumno aplicado. En una visita a Monterrey, tras celebrar la firma de un importante negocio con una fiesta en el Amnesia, un famoso antro de *stripers*, despertó en su hotel y había un hombre a su lado. Ambos desnudos. No recordó qué pasó. Se sintió pleno.

Su esposa descubrió sus aventuras con hombres. Para ella hubiera sido aceptable que hubiera otra mujer: más bonita, más joven, más inteligente, mejor en la cama, mejor apellido. No importaba. Pero ser traicionada con un hombre la hería en su orgullo y dignidad. Quizás fue confirmar lo que ya intuía. Solicitó el divorcio. De puro resentimiento (vuelven los instintos), lo amenazó con contar su secreto si él no le entregaba todo lo que habían adquirido en el matrimonio. Su casa en Interlomas. Su casa de campo en Valle de Bravo. Su departamento en

Miami. Sus acciones e inversiones. Sus hijos. Cristóbal no opuso resistencia. Así pagaba su culpa o protegía su imagen.

Su relación con Pablo llevaba ya cinco años. Se conocieron en La Compañía. El trato entre ellos en el trabajo era fuerte y distante. Así lo habían decidido para que no levantar sospechas. Un año después, con la consolidación de la relación, decidieron que Pablo saliera de La Compañía. Creó una empresa especializada en inteligencia artificial, robots e Internet de las cosas. Vivían en el mismo edificio, en departamentos separados, en la zona de Nuevo Polanco.

Angélica miraba en Instagram el crecimiento de las opiniones negativas de Cristóbal, mientras Pablo seguía reunido con la persona que hacía la investigación. Las noticias falsas hacían mella. Era difícil reconocer qué era cierto y qué no. Si ella dudó, ¿que podría pensar un lector menos desconfiado? Sintió que construían una quimera a partir de unas palabras bonitas que Cristóbal escribió antes de su muerte, nada consistentes con las actuaciones de su pasado reciente. «El ruido de tus acciones no deja escuchar el susurro de tus palabras», pensó recordando alguna frase cliché, de esas que odiaba tanto.

—¿Qué onda con esta frasecita? Creo que voy a vomitar. Neta —dijo en voz muy baja mientras Pablo entraba a la oficina. Se sobresaltó al escucharlo.

—Tal como lo suponía. Lo que no pensé es que fueran a ser tan inocentes y dejar evidencias —dijo Pablo con algo de sorpresa—. Su ineptitud tecnológica los expuso. Logramos identificar quién creó los *bots* y a partir de esta información, quién hizo el pago. Guadalupe Reyes. El vicepresidente jurídico.

—¿Por qué habló en plural? ¿Cree que no actuó solo?

—Él nunca actúa por iniciativa propia, recibe instrucciones de Francisco. Todo capo mafioso tiene su matón. Quién ejecute sus órdenes sin siquiera cuestionarlas. Quizás sin entenderlas. Así ellos no se ensucian las manos. Igual pasa en cualquier jerarquía. Es Francisco quien dio una orden general o ambigua para no comprometerse.

Pablo ofreció su ayuda para cualquier represalia que quisieran tomar. Angélica no quiso usar las mismas armas sucias de sus contendores. Sería traicionar su historia como hacker ético. Aún no estaba lista para ensuciarse con las mismas malas prácticas que quería denunciar. Le aceptó la ayuda únicamente para poner en evidencia, frenar y desaparecer las publicaciones que se habían hecho desde los *bots*.

En El lugar de la mancha, y luego de demorarse una hora de la tarde del viernes en el recorrido que sin tráfico solo hubiera tomado diez minutos, Angélica, entro apresurada, con voz atropellada y mirando hacia atrás les pidió dirigirse al segundo piso, lejos de su habitual mesa en la terraza que da a la calle que de costumbre y actualizó a Jacobo e Ibeth de sus hallazgos, puso el celular sobre la mesa y activó un mensaje de voz:

Hola ingeniera Angélica, me presento, soy Guadalupe Reyes, vicepresidente jurídico de La Compañía. De la vicepresidencia de tecnología me dieron su contacto como experta en seguridad de información. Seguramente has escuchado de las filtraciones de información confidencial nuestra. Quiero tener una plática con usted y entender un poco de este mundo desconocido para mí y poder preparar la defensa y blindaje jurídico frente a este y futuros eventos. Le pido coordinar con mi asistente la fecha y hora, pero le pido que sea lo más pronto posible.

Todos se miraron con cara de pánico. Por unos minutos hubo una acalorada discusión en voz baja (sí, existen). No fue fácil reconstruir el diálogo, salvo los susurros más audibles: ¿cómo de buenas a primeras me contacta este cuate?; ¿será que sabe algo?; si lo sabe no sería tan estúpido de dejar un mensaje de voz; se está echando un farol, dejemos la paranoia; ¿y si es realmente eso lo que busca?; no creen que no están buscando descifrar quien publica el blog?, ¡mas pendejos si no!; eso no podrán saberlo nunca, confíen en mis contactos; quiere saber que tan nerviosa te pones; déjenmelo, en mis épocas de hacker con peores sujetos tuve que lidiar; no sabes nada de los alcances de él, si hasta muertos debe tener encima; dejemos esto asi, aún estamos a tiempo; ¿cuál a tiempo?, ya estamos hasta el cuello de involucrados; ahora debemos ir con toda. ¿qué hago?; tengo que reunirme con él, peor si no lo hago, ahí si empezará a dudar; dile a tu jefe, la vice de tecnología y vas con ella; ¡sí, eso!, ese güey es jerárquico, es normal que vayas con ella; ¡neta!, y con eso gano tiempo, coordinar esas agendas debe ser cañón.

Decidieron su movida más audaz: la caída de Francisco. Ir por el titiritero dejaría sin hilos a la marioneta. En los archivos de Denis Jacques había mucha información que ya había probado ser verdadera, pero de la cual Francisco salió inmune. Sus fraudes, alteraciones de información o afectación de la rentabilidad de La Compañía fueron insuficientes. Publicar toda la información disponible de él sonaba atractivo, pero se corría el riesgo de desperdiciarla y aumentar su poder e inmunidad. Era un monstruo que crecía con las malas noticias.

Debían encontrar un solo hecho, lo suficientemente contundente para asegurar su caída simbólica y formalizar su jubilación.

—Chale, hemos dejado pasar algo importante por alto. Francisco también es un títere. Hay alguien que controla sus hilos. Los hilos que debemos cortar son los que unen a Francisco con el dueño —dijo Jacobo.

—Si Francisco se sostiene ahí, es por él. El dueño aprueba o se hace el ciego con todas sus prácticas. No creo que sea el camino —refutó Ibeth.

—Hasta en los carteles de la mafia hay códigos. Neta. Si la lealtad es lo que más valora Francisco de Guadalupe, lo mismo debe esperar el mero mero, el dueño, de parte de su presidente. Una traición sería un chingadazo imperdonable. Eso es lo que tenemos que buscar para armar un pedo de poca madre. Ver en la información de Jacques si en algún momento el perro mordió la mano del amo —dijo Angélica recordando la analogía de Pablo.

Se repartieron los archivos. Ya no publicarían siguiendo el mismo orden en el que recibieron la información de Jacques, ahora buscaban una aguja en un pajar o, más bien, una aguja con unas características muy específicas en un hangar lleno de paja. Angélica siguió una corazonada (o su tendencia a pensar mal) y se apartó para hacer una búsqueda en sus propias fuentes.

Francisco tenía una empresa familiar en sociedad con sus hijos, y a nombre de ella aparecían propiedades y gastos, para eludir impuestos. Hasta ahí, ninguna novedad, muchos lo hacen. Contabilidad creativa. En los últimos años, esta empresa había creado una filial, domiciliada en Cupertino, California, con el objeto social de invertir en empresas tecnológicas. Los pequeños montos arriesgados se convirtieron en participaciones importantes y rentabilidades cuantiosas en las mismas organizaciones en las que Francisco recomendó a La Compañía no arriesgar su dinero y en otros emprendimientos recientes que eran evidentes amenazas al negocio financiero, hotelero, comercio al por menor y logístico del corporativoo que presidía. La empresa era dirigida por dos de los hijos de Francisco y él aparecía como miembro de la junta. Las proyecciones mostraban que en dos o tres años Francisco y sus hijos superarían al dueño de La Compañía en el listado de los más ricos de México.

El trabajo en equipo es más efectivo cuando hay un propósito superior compartido e inspirador para los integrantes. Una lección que el comité ejecutivo no aprendió a pesar de su costoso ejercicio cerca a Cancún y que ahora era exitosamente puesto en práctica por un pequeño comando para cobrar la cabeza de la presidencia de La Compañía. Angélica y sus capacidades tecnológicas, Jacobo y sus habilidades de análisis y conexión de información, Ibeth y su talento en comunicación. Contrario a lo que las empresas piensan, la mayor motivación al logro no viene de una emoción positiva o trascendente. Pueden ser más fuertes los motivos que irrumpen de impulsos humanos como la venganza, la frustración, el desespero o la rabia.

La Mancha hizo en el fin de semana la que podría ser su última actualización. Esperaban un efecto dominó y que cayeran todas las fichas. La información rápidamente se extendió hasta Vancouver, donde el dueño daba inicio a su temporada decembrina de esquí. Su cólera hubiera podido derretir la nieve. Quiso ir y tomar él mismo el control de su empresa. No podía hacerlo, desde su salida a bolsa de Nueva York buscando nuevos inversionistas y así financiar el crecimiento de La Compañía, tuvo que crear modelos de gobierno corporativo que aseguraran independencia entre la propiedad (él y esos inversionistas que empezaban a llegar) y la administración (Francisco y todo su edificio corporativo). Juntas, asambleas, comités y otras burocracias le habían reducido el poder y capacidad de maniobra. «Estúpido gobierno corporativo», pensó. «Puedo poner a dedo presidentes de la república, pero no puedo hacerlo en mi propio negocio».

## Capítulo IX

## Bipolaridad

El lunes a mediodía La Compañía emitió el siguiente comunicado:

La Compañía informa la salida inmediata de Francisco Patrón de su cargo como presidente de La Compañía. Durante su extensa carrera fue artífice del crecimiento de la organización y se ganó la confianza del personal, accionistas, inversionistas y la sociedad en general. Desafortunadamente, abusó de dicha confianza y se infringieron nuestros valores, afectando de manera grave nuestra reputación y sostenibilidad. Aunque La Compañía agradece la gestión que Francisco realizó, la coherencia nos obliga a su salida y emprender las acciones legales correspondientes.

La junta directiva ha nombrado como encargado a Alberto Gris, vicepresidente de recursos humanos, mientras en reunión a inicios de enero la junta directiva define, finalmente, quién toma las riendas de La Compañía

—Chinga. Se acabaron la diplomacia, los mensajes ambiguos y las salidas por acuerdos mutuos o para explorar proyectos personales. La señora Compañía tomó el control. Neta —le dijo Angélica a Ibeth en una llamada telefónica poniéndola al corriente de las novedades.

—Un mensaje sin ninguna revisión. La redacción es extraña. Parece hecho de afán. En todo este proceso Zita ha sabido bien qué decir, lee muy rápido qué está pasando y qué debe comunicar. Este evento la tomó con la guardia baja. Parece hecho por un practicante —dijo Ibeth con la visión más crítica que le daba estar por fuera de La Compañía— ¿Quién toma las riendas? Una analogía extraña que dice mucho. La empresa es un caballo salvaje y Alberto no es capaz de liderarlo, a lo sumo sirve para sostener el caballo mientras el jinete entra al baño.

Guadalupe no pudo hablar con su jefe. Francisco se fue por la puerta de atrás. O más bien por la de encima. En lugar de una despedida apoteósica por su jubilación, como ya se planeaba en el auditorio de La Compañía y marcha triunfal por el paseo de La Reforma; tuvo una deshonrosa despedida, escoltado de su oficina al helipuerto y a su casa en Valle de Bravo. Su último viaje en el helicóptero corporativo. Cómo deseó que se hubiera estrellado en el corto trayecto. Hubiera preferido eso a verse ahora sin su reputación, sin su futuro libro para el cual ya había conseguido autor en la sombra, sin sus prebendas asociadas el estatus de presidente de La Compañía. Ni tiempo tuvo de recoger sus pertenencias en el departamento que La Compañía le puso en Interlomas y donde se quedaba cuando trabajaba hasta tarde. Un ciudadano común y corriente. Ni eso. Un famoso caído en desgracia, sin los sirvientes corporativos que le hacían todo. Desde pagar sus facturas de servicios públicos hasta desembolsar un soborno. Por unos días quedó encerrado e incomunicado en su mansión. Ni helicóptero, ni vehículo corporativo, ni celular, ni cuenta de correo electrónico personal tenía. En su garaje había tres vehículos: un Bentley, un Ferrari y un Aston Martin, pero también le habían quitado su conductor.

Los mercados no fueron inmunes a la noticia. Las bolsas de Nueva York y México suspendieron la acción de La Compañía tras una importante caída de su precio. El pánico que se creó con un título altamente transado y reconocido podría arrastrar al abismo a todo el mercado.

Todo iba demasiado rápido. En el mundo organizacional las reuniones urgentes se programan mirando el calendario y no el reloj. Se requieren semanas para poder coordinar la disponibilidad de los asistentes. Ahora todo pasaba en horas. Apenas a un mes de la muerte de Cristóbal y La Compañía estaba cerca del caos. Después de una breve campaña de expectativa en la cuenta de *@cristobal_legado*, había llegado el momento de hacer la publicación de la última palabra del manifiesto.

> Imagen: Una selfi de Cristóbal en el Aeropuerto Benito Juárez de la ciudad de México. Detrás, una pared con el nombre del aeropuerto y una pequeña frase debajo: Operado por La Compañía.

> VITALIDAD: Ya sabes quién eres, con qué recursos cuentas, cuál es tu potencial y el de los otros. Es hora de ser consciente, vivir, hacerte cargo. Un amor, una carrera, una revolución: tantas cosas que comenzamos ignorando su resultado. Juntos podemos iniciar la revolución en La Compañía. Una revolución positiva para llevarla a nuevos destinos. Aunque no sabemos qué nos encontraremos en el camino, es más peligroso quedarnos quietos. Es hora de despertar. Es hora de vivir.

> ¿Te sientes vivo hoy en tu trabajo? ¿Y en tu vida personal? ¿Qué estarías dispuesto a hacer por recuperar la vitalidad perdida?

Una excelente palabra para que los tres quijotes hicieran realidad la revolución que soñaban y movilizar a su caudal de seguidores. ¡Qué poeta Cristóbal! Una invitación a la vida, justo antes de la muerte. La excusa única para hacer vivo el manifiesto y exigir su permanencia, como torpemente lo solicitó Francisco en un apresurado mensaje de crisis. ¿Podían ser esas cuatro palabras la semilla de una marcha y un nuevo despertar para La Compañía? Reemplazar los desgastados valores que tenían declarados. ¿Cuáles eran? por comunes nadie los recordaba. Los valores que definen las empresas en el mundo no pasan de un listado común de veinte palabras. Lugares comunes. Empresas *commodity*. Trabajar en una es como trabajar en cualquiera.

Las revoluciones empiezan desde abajo, las transformaciones desde arriba. La Compañía estaba harta de intentos fallidos. O mejor dicho, las personas en ella. La Señora Compañía ni se daba cuenta. Una revolución y no una transformación podría ser lo que los salvara.

Invitaron a que cada planta, cada sede, cada país y cada equipo en La Compañía propusieran las acciones para derrocar los valores anteriores y permitir el ascenso del nuevo manifiesto. La cuenta de Instagram se llenó de acciones. Se crearon cientos de pequeños grupos de WhatsApp. Circularon imágenes y videos de las ejecuciones (de las acciones, no de los directivos). Pronto todo se salió de control. Los reaccionarios defendían unos valores que no recordaban, solo por su temor al cambio. Los revolucionarios hacían recorridos quitando de las sedes cualquier aviso, cartelera o calendario que recordara la administración de Francisco y sus declaraciones, para luego quemarlos en hogueras que iluminaban nuevos rituales en la cultura. Narradores de historias ocultas de errores, de curiosidad, de vulnerabilidad, de autenticidad y de vitalidad. De la humanidad real que reclamaba Zita y no de la humanización ficticia que no entendía Alberto. Los gobiernos locales trataban de mantener el orden en el feudo. Con la ausencia de cabeza, en la revolución y en La Compañía, miles de tentáculos se movían con libre albedrío. Era una revolución de mandos medios. La producción, la distribución y la venta de productos no se detenía. Allí no tenían el tiempo libre que sobraba en niveles superiores.

De manera casi espontánea, los países se coordinaron para hacer una alborada de protesta al día siguiente. Las oficinas administrativas de cada sede amanecieron bloqueadas. Los revolucionarios tenían camisas que decían «Francisco asesino» y lo culpaban de la muerte de Cristóbal. Los reaccionarios, menos organizados y mermados en cantidad, tomaron cualquiera de las camisetas que cada uno tenía de campañas anteriores de La Compañía y marchaban en apoyo a... ni ellos mismos lo sabían; quizás a la señora Compañía.

El trío de La mancha estaba asustado. Ya se hacían amenazas de bloquear la producción o de independencia de las operaciones locales. Los intentos de apaciguar los ánimos desde la cuenta de *@cristóbal_legado* eran tomados como leña al fuego desde cada bando. La pesadilla de un *community manager*. Su decisión desesperada, después de muchas discusiones entre ellos y reconocer su impotencia para controlar su deseada revolución, fue acudir a Zita. La siguiente disputa: si lo hacía solo Ibeth, evidente cabeza visible del perfil en Instagram, o si daban la cara todos. Optaron por la última opción, eran un equipo y pese a todo, seguían considerando a Zita una persona diferente en La Compañía.

—Así que no actuaste sola. Era de suponer. Muy valientes en dar la cara. De mí tienen el compromiso que no les va a pasar nada. ¡Aguas!, creo que esa palabra no es muy creíble ahora —comenzó diciendo Zita mientras miraba a Ibeth con cara de disculpa.

—Era solo un juego. Un homenaje, pero se nos salió de las manos —dijo Jacobo, con ironía y prevención, tratando de no evidenciar la revolución que querían crear. Podía entregar el instagram, aun les quedaba el blog.

—Solo quien no está remando, tiene tiempo para golpear el bote —les dijo Zita en un mensaje cifrado que les generó cara de confusión—. Es una frase de algún existencialista famoso en su época. ¿Son conscientes de lo que han creado?

—Queríamos hacer un reconocimiento padre a Cristóbal. No quería dejar iniciado lo que tú y yo hablamos —reiteró Ibeth—. Es un mensaje diferente, bonito, incluso esperanzador. Cada día que ha pasado me pregunto ¿qué chulada hubiera sido La Compañía si Cristóbal no hubiera muerto y hubiera podido poner en práctica sus ideas?

—Lo bonito no quita lo peligroso. Y lo idealista. Las revoluciones no son para aficionados. Miren lo que está pasando. Aún estamos lejos —dijo Zita.

—¿Lejos de qué? Neta. Me perdí —interrumpió Angélica con su impertinencia y falta de filtro característica.

—Lejos de que cada persona de La Compañía y de cualquier empresa asuma la responsabilidad de su propio destino. Necesitamos referentes a quiénes entregarles el poder sobre nosotros. Un médico que nos diga cómo curarnos de una enfermedad, un *coach* de vida que nos enseñe qué comer y cómo vivir, un consultor que nos defina la estrategia a seguir. Necesitamos un gurú que piense por nosotros y a quien podamos echarle la culpa cuando fallemos. Por ahora su escaramuza está solo en mandos medios. Los que no están remando. Imagínense el desmadre si despiertan a toda La Compañía. ¿Qué esperan de mí, que los ayude a frenar su pequeña masa descontrolada? —dijo Zita en tono académico y tratando de bajarle importancia, aunque sabía que en algunas ubicaciones el tema ya estaba fuera de control.

El trio asintió al unísono. Obviamente no sería gratis. Ellos lo habían hablado previamente y pagarían su precio. Fue desgastante trabajar en ambos frentes. Necesitaban avanzar con su vida. Habían logrado mucho más de lo que se hubieran imaginado. Zita continuó:

—Yo sola no puedo detener esto, necesito de su ayuda. La cuenta de *@Cristobal_legado* desaparece. Mejor aún, deja de publicar. Es por su propio bien. No quisiera que cayeran en manos de personas menos pacientes entre mis pares —dijo Zita, dejando a la imaginación y al temor de ellos las hipótesis de a quién se refería.

Zita se levantó un momento, se sirvió un vaso con agua y siguió su clase magistral.

—El fuego no se apaga combatiendo el fuego, sino cortando el oxígeno que necesita. Una revolución se acaba si cumple su propósito. Una oposición entiende, cuando se vuelve gobierno, las implicaciones de sus propuestas y lo idealistas que eran. O cuando construye con él. Haremos una mezcla de todas. Mal haríamos en no escuchar lo que el pueblo aclama. En el fondo sabemos que es bueno para La Compañía, con algunos ajustes. Crearemos una iniciativa para revisar el manifiesto. Mesas de trabajo por negocios y países. Hasta llegar a una propuesta unificada. El sueño de toda empresa es una declaración de forma de pensar y actuar que sea compartida y creada por todos. Aquí lo tendremos. ¿Les late la propuesta? ¿Tenemos un acuerdo?

Se miraron entre ellos. Jamás se hubieran imaginado que el salvavidas para frenar la revolución sería su victoria. Obviamente, aceptaron la propuesta.

Acordaron una última publicación de la cuenta remitiendo a un comunicado de La Compañía con la bandera blanca. Estratégicamente, Zita les planteó que dijeran que la cuenta estaría pendiente del avance de las acciones y presta a retomar sus banderas si se incumplían los acuerdos. La falta de publicaciones por la cuenta, las acciones de comunicaciones de La Compañía y el trabajo conjunto acordado harían reducir el caudal, bajar la avalancha y que el inofensivo riachuelo volviera a su cauce. Las redes sociales son efímeras. El aire de una cuenta es estar en los primeros treinta segundos de búsqueda. Si no se publica, se aleja de la parte superior de la pantalla. Bienvenidos al pasado. Y ni eso, directo al olvido.

Zita sabía bien que la burocracia creada con las mesas de trabajo, revisiones y validaciones internas, unido a las festividades de fin de año, cortaría de golpe el oxígeno de la revolución y la haría padecer las penurias de cualquier oposición que se vuelve gobierno. Transformarse en el enemigo.

—Jóvenes, ¿hay algo más que me quieran comentar? —preguntó Zita, y después de un breve silencio, continuó—. Si no, voy tarde para mi siguiente reunión. Ibeth, ¿me regalas un minuto?

Ya a solas. Ibeth rompió en llanto. Un llanto de rabia.

—No entendí el despido. Me sentí abandonada y traicionada por ti. No mames. Qué poca…

—Tú sabes cómo son a veces las cosas acá arriba —le contestó Zita interrumpiendo el insulto—. Te quiero proponer algo. Ayúdame tú con el freno de esta revolución. Tú la creaste y admiro tu valentía, no tu inocencia, pero creo que lo que has vivido te ha enseñado bastante. Por ahora lo hacemos con un contrato por honorarios, entre tú y yo. En enero, que pase esta friega, y ahora que ya no está Francisco, buscamos tu reingreso.

Las conspiraciones no podían interferir con el cumplimiento de sus obligaciones y Jacobo se dirigió a la reunión que tenía programada con Guadalupe. Debía ayudarlo a definir su plan para el siguiente año. Era una reunión programada hacía más de seis meses. Quiso aplazarla, pero sería sospechoso. Además, el manual subterráneo de etiqueta corporativa no lo recomendaba: las reuniones solo pueden ser canceladas o declinadas por la persona de mayor rango citada. Debía ser cuidadoso por un par de horas.

El día anterior estuvo mirando someramente la información relacionada con Guadalupe recibida de Jacques. Era el protector de Francisco, el ejecutor de sus órdenes ambiguas y el contacto con los gobiernos de turno. Tenía montado un esquema de seguimiento a los políticos. Quien no se dejaba sobornar, era calumniado o sutilmente relevado de sus funciones. La oficina de operaciones estructuradas de Odebrecht era un jardín de niños. Juraría que Guadalupe hizo algún ejercicio de referenciación y tomado las mejores prácticas de los carteles de Sinaloa, Chapo Guzmán y Mayo Zambada.

Guadalupe provenía de una familia de clase media baja y vivió su infancia con muchas carencias en Ciudad Azteca, en el municipio de Ecatepec al norte de la ciudad de México. No siempre fue así. Su bisabuelo fue un importante terrateniente hasta que perdió sus haciendas. Unas en apuestas y juegos, y por la revolución mexicana las que le quedaron. Su abuelo, un alcohólico, perdió cuanto trabajo consiguió. Maltrataba a su abuela y su madre, quienes prefirieron huir del campo y engrosar los cinturones de pobreza de la ciudad. Su padre fue un caso diferente: tenía origen indígena y era trabajador, recursivo, buen esposo. Su madre no lograba quedar en embarazo y ambos hicieron una promesa a la virgen de Guadalupe. Y un doce de diciembre el milagro se dio. En cumplimiento de la promesa le pusieron su nombre al mero macho que llegó a la familia y cada año en esa fecha doce de diciembre llevaron una ofrenda a la basílica para agradecer el milagro.

Estudió en escuelas públicas y trabajó en juzgados al final de su preparatoria. Allí se enamoró del derecho y de los torcidos que el derecho permite hacer. Estudió la carrera, pues necesitaba el título para ejercer y vestir sus jugadas de legalidad. Heredó de su padre la capacidad negociadora, de su madre la lealtad y de su bisabuelo la ambición y el amor al juego. Otro tipo de juego. Esta mezcla le permitió trabajar a sus anchas en diferentes puestos en el sector público, siempre al servicio del jefe de turno. Fue fortaleciendo sus contactos y era reconocido por su confiabilidad, su ejecución discreta y sin protagonismos. Esto no siempre es bueno en el sector público, llegaron las envidias y zancadillas de los ineptos de carrera. También quería estatus y ese solo podía conseguirlo en el sector privado. Trabajó en un pequeño bufete de abogados que le prestaba servicios a Francisco, mucho antes de entrar a La Compañía. Allí empezó su camino juntos por casi tres décadas.

Guadalupe era guardián de los buenos comportamientos del comité ejecutivo. Desaprobaba los excesos e incumplimientos. Buscaba que se castigaran. Un vicepresidente debía comportarse como tal. Dar una buena imagen. La puntualidad era una de esas formas de dar una buena imagen. Jacobo no podía darse el lujo de llegar tarde.

La reunión transcurría sin sobresaltos. Aburridora como era de esperarse. Jacobo hizo una pregunta inocente, que repetía en todas las sesiones de definición de objetivos

—¿Cuáles son las prioridades de la vicepresidencia jurídica para el siguiente año?

—Las mismas de cada año. Disminuimos los riesgos jurídicos para La Compañía y promovemos la viabilidad legal de los negocios y contratos que suscribimos. Adicionalmente, representamos los intereses de La Compañía en los diferentes procesos jurídicos en marcha —recitó Guadalupe la misión de su área construida en alguna de las transformaciones de La Compañía.

—Eso suena a mucho y a nada. ¿Qué sería, de eso que acabas de mencionar, lo especialmente retador para el próximo año? —insistió Jacobo

—Lo más desafiante será adecuarnos al estilo de trabajo de un nuevo presidente que ni siquiera tenemos idea de quién será. Conocer cómo le gustan las cosas. Hasta dónde querrá que nos involucremos. Hacerle entender la importancia del tema legal en La Compañía.

—Y del tema extralegal —dijo Jacobo sin pensar, para corregir torpemente—. Es decir, lo que va más allá de lo legal, de lo estrictamente normativo: las relaciones con los entes de gobierno, las negociaciones con ellos para unos acuerdos gana-gana, los incentivos por éxito.

—No se agüite, ingeniero. Yo sé cuál es la imagen de las áreas legales en muchas empresas —dijo Guadalupe con una sonrisa fingida, él sabía la carga de señalamiento que había detrás de sus palabras.

«No aclares que oscureces», pensó Guadalupe, y él era experto en lo oscurito. La reunión terminó antes de tiempo. La conversación no tenía sentido hasta que no hubiera un nuevo presidente. Guadalupe abordó a Jacobo justo antes de salir de la sala.

—Ingeniero, una pregunta ignorante. Yo soy un simple abogado y los números y planes no son mi especialidad. La lealtad es la cualidad más relevante que espero de cualquier persona. ¿Cómo se fija un objetivo o una meta relacionada con ella?

—La lealtad no es una variable continua, es decir, no hay escalas o niveles. Se tiene o no se tiene. No es un objetivo, no tiene un indicador y no es posible fijar un plan —respondió Jacobo preguntándose qué pretendía Guadalupe con esa conversación.

—Creo que es conveniente primero estar de acuerdo conceptualmente, recuerde, soy abogado, ¿para usted qué es lealtad?

Jacobo hubiera querido buscar rápido en su celular, no le gustaba dar repuestas apresuradas y sin respaldo. No le quedó de otra que aventurarse; una constante en sus últimas semanas.

—La fidelidad a algo o alguien porque se comparten las mismas creencias o valores o porque hay una relación de dependencia o sumisión. ¿Cuál es la suya?, las definiciones éticas y morales están más en su campo.

—Quedémonos con esa. Es interesante —dijo Guadalupe, esa respuesta le permitía llevar el diálogo exactamente al punto donde quería—. Por un lado habla de relación entre iguales y en el otro hay una connotación jerárquica. Como la que hay en lo laboral, jefe —empleado, o empresa—empleado. ¿Entendería entonces que los empleados deben ser leales a la empresa y a sus jefes? Bien sea porque creen en lo mismo, o porque hay dependencia. Esa fidelidad nos requiere, a veces, hacer cosas que no entendemos en el corto plazo o por nuestro miope contexto, pero buscan un beneficio colectivo mayor. Esa es la más difícil pero, a la vez, la más valiosa.

—Yo no espero que mi equipo sea fiel a mí. Espero que lo sean a ellos mismos y a lo que creen. Que sean leales a La Compañía, a sus valores, sus objetivos y sus clientes, solo mientras ella o los que la administran también lo sean. Que no sea una obediencia ciega y sumisa, como esa de la que usted está hablando.

—Siento que se contradice con la definición que dio hace unos instantes, puedo citarlo textual, insisto, soy abogado. Un caso hipotético: ¿un empleado que con sus actos pone en riesgo a La Compañía, está siendo leal a ella, fiel a sí mismo o quizás obediente y sumiso a alguien más? —preguntó Guadalupe siguiendo su intuición.

—Acudo a sus propias palabras, yo también tengo buena memoria. A veces hay que hacer cosas que no se entienden por el miope contexto o por un beneficio colectivo mayor o de largo plazo —respondió Jacobo sin dejar evidenciar que sus piernas temblaban—. No quiero comprometer una opinión sobre supuestos ambiguos. Buscaría mirar todo el panorama. Hoy estamos sin presidente, ni siquiera sé en qué cree La Compañía.

—*Touché*. Interesante conversación, podríamos retomarla en próximos días. Ahora debo dejarlo. Nos desviamos de la pregunta inicial. ¿Cómo medirla? Pero me quedo con algo que dijo. Se tiene o no se tiene. Es blanco o es negro. Las manchas no caben —concluyó Guadalupe. Pronunció muy despacio la última palabra, casi disfrutándola

«Esto me gusta de mi trabajo. Encontrar buenos enemigos y después aplastarlos. Jacobo, usted tiene los huevos bien puestos. De las aguas mansas cuídame Patrona, este pendejo podría ser el primer pecado a redimir en mi visita del próximo año. Espero tu señal», pensó Guadalupe. Toda la plática, para él, daba indicios de la participación de Jacobo en La Mancha. Suficiente para actuar.

Al despedirse, Jacobo buscó en su celular la definición de lealtad, una le llamó en especial la atención: «Amor y fidelidad que muestran a su dueño algunos animales, como el perro y el caballo». Quiso reírse, pero el profundo miedo que sentía le hizo entender la gravedad de la conversación bizarra que tuvieron. Recordó el mensaje dejado a Angélica. El miedo se convirtió en rabia. Tenía solo un día para actuar.

Unos pocos días atrás Guadalupe no habría dudado en acabar con él. Hoy no sabía qué hacer. No había a quién obedecer. No le gustaba actuar en una circunstancia como esta sin una instrucción ambigua que le diera claridad. Solo una vez lo había hecho en el último año y no había salido bien. El día siguiente era su cumpleaños, su limpieza y su peregrinación a la virgen de Guadalupe. Era su patrona. Estaba seguro que ella le daría indicaciones de qué hacer.

En la noche previa al borrón y cuenta nueva anual, Guadalupe llegó a su casa, tomó una bolsa de un pequeño compartimiento secreto en el bar, esparció una línea de cocaína sobre la mesa del comedor. Buscó un pequeño tubo de plástico, lo llevó a su nariz e inhaló. Pensó en José Luis, «no se trataba de los excesos, sino en no dejarnos controlar de ellos. Ahí está la gran diferencia entre nosotros... y que yo sabía los límites del poder». Luego pensó en Cristóbal y dijo en voz alta:

—Ingeniero Cristóbal. Fue una estupidez. Creo que yo causé su muerte. Que me perdone la Patrona.

Pensó en inhalar una segunda línea. No lo hizo.

## Capítulo X

## *Impunidad*

Las noticias de las seis de la mañana mostraban las peregrinaciones que llegaban a la Basílica de Guadalupe. A la media noche, la eterna Lucero (antes Lucerito) le había cantado las mañanitas a la virgen morena. No es un festivo oficial en México, pero La Compañía organizaba en sus sedes del país una misa de agradecimiento, y un desayuno con atole y tamales para conmemorar el inicio de la navidad. Luego, las personas tenían el día libre. Guadalupe hacía su propio ritual, ese que le enseñaron a hacer sus padres para agradecer su llegada al mundo. Ella era su protectora y ese día hacía su expiación. Solo ella entendía sus acciones en protección de otros. Solo ella podría perdonarlo. Solo ella podría decirle qué camino seguir. Por primera vez en muchos años estaba sin rumbo. ¿A quién debía proteger? ¿Quién se vería, a su vez, obligado a cuidar y cuidarse de él? Era un perro de raza peligrosa criado para el combate: leal, pero de quien su amo no debe dejar de estar alerta.

Aún no amanecía y el día sería largo. Primero iría a su barrio de infancia. Se cubrió para soportar el frío del invierno que estaba por iniciar. Tomó un taxi hacia la línea siete del metro. Treinta estaciones y cuatro líneas después llegarían a su destino, al final de la línea B. Desayunó algo ligero en la misma cafetería de todos los años y emprendió su caminata hacia la basílica. Era un día de introspección y silencio total, la única vez en el año.

No llevaba ni su celular. En el camino muchos asaltantes se camuflaban entre los peregrinos para quitarle sus pocas pertenencias a los fieles. «Maldita ciudad insegura. Gobierno inepto», pensó. Pasado el mediodía llegó a la puerta exterior. Cientos de miles de personas colmaban el inmenso atrio. Podría haber usado su poder y contactos para un espacio privado en la madrugada. Sentía que era hacer trampa. La promesa de sus padres debía cumplirse sin atajos, sin corrupción, la única vez en el año. No sería válida su limpieza ni le abriría el espacio a nuevas culpas. La última parte del trayecto la hizo de rodillas.

No entró en el descomunal edificio de la basílica en el que se encuentra la imagen de la virgen, pasó a un costado de este y subió el Tepeyac, en la cima del pequeño cerro donde sucedió la aparición. Cada año que pasaba se le hacía más difícil el recorrido. Lo atribuía al paso de los años. Nunca pasó por su mente que la acumulación de culpas ya estaba haciendo mella en él y en la disponibilidad de su patrona para limpiarlo. Por su mente pasaban los sobornos, las amenazas, el uso de información privilegiada, las noticias falsas, los constreñimientos para delinquir, la influencia en el nombramiento de personas, dentro y fuera de La Compañía. El código penal completo. Su mente y su cuerpo ya estaban acostumbrados a esto cada año, no había especial remordimiento. Salvo por un solo caso. Maldito sea Cristóbal por hablarle de su alergia al ajo. Se imaginó el momento en que a Cristóbal le sirvieron la comida que él le envió. La sensación de ahogamiento. Él solo quería darle un mensaje de su vulnerabilidad. De la necesidad de ser protegido. Ya estaba listo para ponerse a su servicio y pudo ser el causante de su muerte. Homicidio culposo, es decir, sin intención, podría ser el menos grave de sus crímenes, pero era el que más lo atormentaba. Le falló a quien ahora le debía jurar lealtad. Y actúo sin instrucción de nadie. La única vez que lo hizo.

Jacobo e Ibeth usaron el receso laboral del día para trabajar contra reloj en una nueva publicación de La Mancha. Aún faltaba una ficha del dominó que se resistía a caer. Extractaron y pusieron de manera impactante la información clave. Un impecable uso de las habilidades de análisis y búsqueda de información y de presentaciones efectivas que La Compañía les había ayudado a desarrollar. Ibeth debía, además, hacer el comunicado de La Compañía invitando a la construcción conjunta y el video para la cuenta de *@cristobal_legado* celebrando, con humildad, la victoria y sembrando la semilla para terminar la revolución e iniciar la transformación. Se sintió una doble espía.

Después de varias lecturas y correcciones, Ibeth quería ser fiel al particular estilo de redacción corporativo. Por fin publicó:

La Compañía informa que, a raíz de las publicaciones que se han viralizado en la cuenta de Instagram de @cristobal_legado y recordando la decisión organizacional que comunicamos hace unos días de retomar los planes y declaraciones de Cristóbal, quiere abrir un espacio de participación para que todos nuestros empleados, en mesas de trabajo, puedan crear nuestra nueva declaración de principios, a partir de los planteados por Cristóbal. La Compañía no quiere ser ajena a un clamor válido y que reconforta, pues evidencia la vitalidad de nuestra gente y su sentido de pertenencia. Sin embargo, hacemos el llamado de atención por algunos pocos eventos de manifestación que se salieron de control e invitamos a canalizar esta energía hacia la participación en los mecanismos creados.

En próximos días estaremos informando los detalles y fechas para cada una de las sedes. Estamos orgullosos de nuestros colaboradores. Ustedes son el principal activo de La Compañía y nuestros cimientos para construir el futuro.

Se rió y pensó: «Sentido de pertenencia es más bien que La Compañía siente que la gente le pertenece. Ahora terminé siendo yo La Señora Compañía». Pasó a escribir en Instagram. Aquí no tuvo que pensarlo mucho:

Publicación en @cristobal_legado

Imagen: Comunicado de La Compañía

Lo logramos!!!!. (sucesión de emoticones de celebración) Es el primer paso para que La Compañía sea lo que todos queremos. Estas publicaciones nunca han pretendido destruirla. Ninguno quiere quedarse sin trabajo. Queremos hacerla un mejor lugar donde todos podamos liberar nuestro potencial y ser las mejores versiones de nosotros mismos.

@cristobal_legado invita a todos los que trabajan en La Compañía a participar en los espacios mencionados y desde este espacio haremos seguimiento a su avance.

Jacobo envió la información a Angélica para la publicación encriptada de La Mancha, edición virgen de Guadalupe. Sería un delicioso festín para los medios. Un nuevo caso de sinergia corrupta entre el Estado y el sector privado. Después no se diga que no existe la colaboración. Lo que hace falta es encauzarla mejor. Para el mediodía se hizo la publicación. No era el mejor día para destapar la podredumbre, pero no se podían dar el lujo de esperar. «Lo excelente es enemigo de lo bueno», dice una de esas máximas trilladas del *management*. Angélica escribió un momento después en el chat del «otro lugar de la mancha»:

> —Todo publicado. Excelente trabajo y en tiempo récord.

Jacobo:
Ahora a esperar. Creo que muy rápido sabremos las consecuencias de todo esto.

> Ibeth, ¿Quién te ayudo a redactar lo de Instagram,

tu *life coach?* ¿Qué es eso de ser la mejor versión de ti mismo? Parece de retiro de crecimiento personal.

Jacobo:
Jajajaja

Ibeth:
Ya me hacían falta tus comentarios.

Ibeth:
No, en realidad no me hacían falta.

Guadalupe no era consciente de los cientos de llamadas perdidas que se acumulaban en su celular. A pesar del día casi festivo, una buena noticia no da espera. Muchas preguntas surgían para él y La Compañía a partir de la nueva publicación de La Mancha. El vice legal aún tenía una pregunta para su Patrona, ¿qué hacer con Jacobo? La respuesta no la tendría en el Tepeyac, debía ver a su patrona cara a cara. Consideraba que ya estaba limpio para estar en su presencia y emprendió su descenso hacia la basílica, nuevamente de rodillas.

Un grupo de narcos, devotos de la virgen morena, entraron a la basílica para agradecer el éxito de sus despachos recientes de droga. Desafortunadamente, se encontraron con miembros de un cartel rival que salían de pedir por la buena fortuna de los envíos siguientes. A pesar de los sobornos a todas las autoridades aduaneras y fronterizas relacionadas con el cargamento, la ayuda divina no sobraba. La policía sabía de su presencia en la iglesia, pero un pequeño milagro económico los hacía invisibles. Los narcos de ambos carteles se encontraron de frente. Se mostraron los dientes como perros protegiendo su territorio, pero la basílica no es territorio de nadie, es un acuerdo tácito en la ética delincuencial. Un peregrino gritó haber visto un arma y se creó una pequeña estampida. La gente corría sin saber por qué, solo seguían la multitud. Guadalupe, que caminaba de rodillas y concentrado en su expiación, se percató demasiado tarde de la avalancha. Cayó al piso, recibió cientos, miles de pisadas. No lograba levantarse. No quería hacerlo. Recordó el origen náhuatl de su nombre que algún día le explicó su padre: *coatlallope*, el que aplasta a la serpiente (de *coatl*: serpiente, *a*, preposición y *llope*: aplastar), siempre pensó que él aplastaba serpientes, quizás era la serpiente que debía ser aplastada. O sería un mensaje de su patrona: debía sentir lo mismo que sintió Cristóbal. Ahogamiento. ¿Moriría? No estaba en sus manos. Se dejó ir. Una mano divina lo haló.

Alberto y Zita se reunieron para dar la puntada final a las acciones de celebración del mes patrio en La Compañía. Siendo el conglomerado de empresas mexicanas más grande (aunque otras decían lo mismo, dependiendo del indicador que quisieran resaltar), para Francisco era una forma de reconocerle y agradecerle al país. El *reality* estaba a unas cuantas semanas de concluir y era su último mes patrio al mando de La Compañía, por eso quería que fuera apoteósico. También era una forma de incentivar el consumo de productos de La Compañía en un período como septiembre, comercialmente malo. Alberto quiso retomar una pregunta que le había quedado pendiente del viaje a Cancún, cuando era el único en saber la relación familiar de Zita con el dueño. Los chismes a los que se tiene derecho por ser el vice de gestión humana:

—¿Te puedo preguntar por qué no usas el apellido de tu padre?

—Rebeldías de adolescencia. Cuando mis padres se separaron decidí romper todo nexo emocional con él. Borrar su huella. ¿Tú sabes cómo supe de su ida? —respondió Zita.

—No, dime.

—El sueño de todo chavo es ir a *Disneyworld*. Yo estaba feliz porque sería mi primera vez. Tenía nueve años. Mis padres esperaron a que yo tuviera una edad en la que lo disfrutara plenamente. El día del viaje mi padre no llegó. Me dijeron que nos alcanzaría al día siguiente en Orlando. Así me tuvo mi mamá varios días. Yo notaba su tristeza y distracción allá en los parques. Al final no tuvo más remedio que contarme.

—Debió ser muy duro.

Esa experiencia fue tan terrible, que Walt Disney se convirtió en objetivo de mis odios durante muchos años. En la tierra del mundo mágico, mi mundo mágico se hizo trizas. Mi infancia se acabó de un golpe. Odiaba sus películas. Sus personajes. No había castillos y príncipes azules. Las princesas eran unas tontas que preferían no saber qué pasaba realmente en sus reinos. Años después entendí que esa experiencia me dio una mirada más crítica del mundo. Más consciente. Hoy incluso admiro la empresa —dijo ella desviando el tema a su conveniencia—. Se han venido adecuando a un mundo menos rosa. Ahora hay princesas para todos los gustos. Héroes vulnerables. Películas más oscuras, más reales. Solo los ojetes héroes empresariales seguimos pensando que debemos ser invencibles.

—¿Y lo del apellido? —insistió Alberto.

—Cuando cumplí la mayoría de edad hice legalmente el cambio, me quedé con el apellido de mi madre. La rabia fue pasando. Con mis estudios fui entendiendo el comportamiento humano. Me sirvió para entender las actuaciones de mi padre, pero también las de mi madre y mías. Las de la sociedad en general. Ya no tenía problemas con él, pero es un apellido muy reconocible. Decidí mantenerlo oculto para abrirme camino por mis propias capacidades. Acepté su ayuda económica para vivir y estudiar, era su responsabilidad. Hasta ahí. Abrirme camino era la mía.

—¿Cómo es tu relación hoy con él? Me parece extraño que no te haya permitido participar en el *reality* del sucesor de Cristóbal.

—A él no le checa que su primogénito sea mujer y que mi hermano se haya dedicado al arte. Francisco hizo una lucha muy dura para que yo pudiera ingresar a La Compañía. Mi padre puso la condición de que no podría llegar a ser presidente. Por eso la restricción a los aspirantes de llevar más de siete años en alguna de las empresas del grupo. Era su forma política de hacerlo sin que el resto se enterara de nuestra relación.

—¿Y a ti te gustaría ser presidente?

—Es una muy buena pregunta —dijo Zita con esa frase cliché que se usa cuando no se tiene una respuesta y se quiere ganar tiempo para pensar y responder eludiendo el fondo del tema—. Con las normas que hoy hay establecidas, ni para qué comer ansias. Cuando se abra la posibilidad, ahí en ese momento lo pensaré. Ahora estoy jugada con Cristóbal. Me identifico totalmente con sus ideas. Y a ti, ¿te gustaría ser presidente?

—Uy no, soy demasiado cómodo para ese trajín. Y para mí, cualquiera de los dos que quede está bien. Sé adaptarme.

Guadalupe abrió sus ojos. Pensó que estaría en presencia de su Patrona, la virgen. En su lugar apareció el rostro de Zita. Supo que seguía en el infierno. Sobrevivió a la penitencia más estricta que podía recordar. Sintió que había purgado no solo los pecados del año, sino el acumulado recogido por toda su lealtad a Francisco. Estaba listo para un nuevo ciclo y un nuevo amo. ¿Sería Zita su nueva patrona? Podría vivir con eso.

Él nunca se casó. No tenía familia cercana viva. Sus amistades caducaron unas pocas horas atrás y de haber sabido dónde estaba él, se filarían para asesinarlo. Fue Zita la única que hizo presencia y a quien avisaron del accidente. Afuera de la habitación del hospital, la Policía Federal y la Procuraduría General de la República custodiaban la entrada, mientras decenas de periodistas esperaban pacientemente alguna declaración. Zita puso a Guadalupe al corriente de lo sucedido en las noticias. Él entendió que su penitencia podría ser mucho mayor. Se encomendó a su patrona.

El procurador general entró en la habitación, saludó a Zita y miró a Guadalupe tendido en la cama. Estaba lejos de parecer vencido. Ser el gran artífice y operador de las tretas de corrupción de Francisco le daban poder. La falta de moral de Guadalupe se contrarrestaba con su exceso de orden y meticulosidad (otro valor personal). Tenía todo registrado en carpetas físicas y digitales, allí guardaba correos electrónicos, chats, pagos, videos, cuentas de restaurantes, videos en el comedor corporativo. La carpeta con información del procurador era una de las más sustanciosas y su oferta de rebaja de penas, a cambio de no revelar su expediente y el de unos cuantos elegidos fue decepcionante.

—No puedo ofrecer más. No quiero hacerlo. Llegó la hora de mi propia jubilación. El gobierno me pide dejar el espacio a gente nueva. Su gente —se excusó el procurador, casi retomando su útima conversación.

—Usted siempre cae de pie. Supongo que tiene un plan B —respondió Guadalupe

—Siempre fue el plan A. Lo que no sabía era cuando debía activarlo. Hoy es el día. Quizás nos encontremos en algún pais neutral, si es que existen —dijo el procurador al despedirse —.¿Ayudaría en algo si te dijera que tengo a tu *hacker*?

—Demasiado tarde y dudo que lo haya identificado. Yo tengo mis candidatos, pero ya no es mi pedo. Ya me jodieron. Ahora debo encontrar mi plan B —finalizó diciendo Guadalupe.

El procurador salió y entraron otros dos invitados.

Zita actuó rápido y fuera de los protocolos. Guadalupe estaba sorprendido. La Compañía era propietaria del hospital en el que él se recuperaba y eso permitió el acceso confidencial a todos los proponentes de esta particular licitación. La subasta fue ganada por el embajador de los

Estados Unidos. Esa misma noche, Guadalupe sería trasladado en un avión privado bajo la excusa de un tratamiento médico, no disponible en México, necesario para su recuperación. El acuerdo de colaboración incluyó cambio de identidad, pasaría a ser un testigo protegido, no entraría en una cárcel a cambio de la caída y condena de la cúspide de la pirámide política mexicana: presidente, expresidentes, secretarios, gobernadores, procuradores, jueces. Negoció una bonificación por resultados. Guadalupe tenía un nuevo amo, el más grande que podía imaginar. Recordó la conversación con José Luis en el día de su despido y la imagen del caballo de Troya. Se felicitó por la premonición, sus instintos estaban intactos.

Aun así, tenían un compromiso y un acto de lealtad con La Compañía, solo inculparía personas, ellas actuaron a título personal, transgredieron los valores de la organización y abusaron de la confianza depositada en ellos. Fue una estrategia definida años atrás entre Francisco, Guadalupe y José Luis, la posibilidad de ser descubiertos más que un riesgo probable, siempre fue una realidad en el caso de negocio. Consideraron varios escenarios. Zita, sin saberlo, creó un escenario más poderoso, Guadalupe solo recordó lo que habían construido. Viva la planeación estratégica, el trabajo en equipo y la flexibilidad para ajustarse a las señales del entorno. Toda una lección de *management*. Por un segundo pensó en su cabo suelto: Jacobo. Ya no podría tener con él la constructiva plática rompehuesos que se soñaba, donde pudiera confirmar sus sospechas. Decidió tener su propio e inesperado momento de magnanimidad. Su recién adquirido patrón ni siquiera sabía quién era Jacobo. ¿Para qué tentar a la suerte y actuar nuevamente sin una orden?

Ahora debían comunicar de manera creíble la desaparición de Guadalupe. La velocidad de los eventos superaba la capacidad de Alberto, como presidente encargado, de dimensionar las implicaciones y entender cuál era su rol en esta crisis. Es difícil sostener el caballo cuando la tierra está temblando. Zita poco a poco tomaba el control.

Tras las recientes revelaciones de información, La Compañía reitera lo expresado en recientes comunicados: su entera disposición para suministrar la documentación correspondiente que permita a las autoridades hacer las investigaciones pertinentes y derive de ellas las acciones legales que considere necesarias.

La Compañía considera importante aclarar que las últimas revelaciones no son hallazgos nuevos. Todo obedece a un mismo entramado corrupto existente, del cual se han venido haciendo filtraciones controladas por agentes que quieren causar daño a La Compañía y pánico económico en la sociedad. Nuestras áreas de auditoría, tanto externas como internas, nos están apoyando en investigaciones que nos permitan generar nuestras propias conclusiones y acciones.

Aunque lamentamos el accidente sufrido por el licenciado Guadalupe Reyes, vicepresidente jurídico, esto no será impedimento para las investigaciones mencionadas y que él afronte las consecuencias jurídicas y penales de sus errores, al igual que otras personas que resulten involucradas. Por la sostenibilidad de La Compañía y recuperar nuestra reputación, llevaremos este proceso hasta las últimas consecuencias.

Zita pensó mucho antes de publicar el último párrafo. Sabía que era una verdad difusa. El acuerdo de Guadalupe con los Estados Unidos incluía el cambio de su identidad, convertirse en testigo protegido y una vida en libertad lejos de su tierra. Sintió que la gente de La Compañía se sentiría traicionada y prefirió ocultar esa pequeña parte de la noticia.

Resiliencia es una de las palabras de moda en las empresas. Tiene dos significados contradictorios según la Real

Academia Española. El lado más aceptado en las empresas la define como «capacidad de adaptación de un ser vivo frente a un agente perturbador o un estado o situación adversos». Palabra clave: seres vivos. La otra, que proviene de la física, la define como «capacidad de un material, mecanismo o sistema para recuperar su estado inicial cuando ha cesado la perturbación a la que había estado sometido». Palabra clave: sistema. Los sistemas acaban imponiendo su fuerza sobre las personas que lo componen. La segunda definición prima sobre la primera. Al eliminarse la perturbación creada por la cuenta en Instagram de *@cristobal_legado*, la gente se adaptó y el sistema recuperó su estado inicial: la comodidad y un menor nivel de conciencia. Todos volvieron a sus funciones, sus indicadores, sus pantallas y sus audífonos. Ayudó que Netflix estaba lanzando nuevas temporadas de sus series.

## Capítulo XI

## Causalidad

Cristóbal invitó a Zita para presentarle a Pablo y celebrar el grito de independencia. Joaquín estaba fuera del país en un evento académico. Faltaban un par de meses para la revelación del sucesor. Ella se encargó de preparar unos chiles en nogada con sus escasas dotes culinarias. Siguió las recomendaciones de un canal de Youtube especializado en cocina para inexpertos que quieren quedar bien en fechas especiales. «Youtuber, ¿cuándo me hubiera imaginado esto como una profesión? Los artesanos del futuro. Como compañía estamos lejos de este mundo», pensó, sin dejar de agradecer la ayuda.

Él recién se había mudado a un pequeño apartamento en la zona de nuevo Polanco. Terrenos otrora ocupados por plantas industriales y bodegas de las empresas más importantes del país, incluyendo algunas que dieron origen a La Compañía. La unidad habitacional fue desarrollada por el negocio inmobiliario y la constructora de La Compañía, por lo que le ofrecieron un jugoso descuento y préstamo de largo plazo para adquirir un departamento de mucho mayor tamaño. Él no quería más deudas y ataduras con La Compañía e insistió en comprar el más pequeño y con sus propios recursos. Sería el símbolo de su nuevo estilo de vida, sin lujos, menos ostentaciones, más básico aunque sin precariedades. Ansiaba el cambio del edificio corporativo de La Compañía para el paseo de la Reforma como lo quería proponer en su plan, o en la misma zona de nuevo Polanco como lo planteaba el dueño, así se podría movilizar en bicicleta. Deporte, alimentación sana y meditación eran parte de su cambio. Aún eran más plan que realidad.

Pablo llevó los tacos, encargados con antelación al Lago de los cisnes, la taquería especializada en turistas y clases altas. Excesivamente higiénicos. Nada como la garnacha callejera. Cristóbal se hizo dueño del bar para preparar margaritas. La ocasión lo ameritaba. Luego de cenar y escuchar al presidente de la república dar el grito en un zócalo abarrotado de gente que vitoreaba su raza y su historia, Cristóbal se puso un poco más serio. La dosis de alcohol aún no era la suficiente para impedir una conversación laboral con acuerdos y compromisos vinculantes, pero la necesaria para soltar la lengua un poco más de lo usualmente aceptado en ellas.

—Cada día que profundizo en la información de La Compañía me encuentro más sorpresas desagradables. Estamos de la fregada, pero más de lo que pensaba. Definitivamente es necesario vender negocios, cerrar plantas, salir de países. Un golpe al ego y ambición desmedida. Mi parte de *mea culpa*.

—Es una jalada. Francisco ha sido hábil para ocultar información. Tú has sido juicioso analizándola ahora que has tenido acceso —dijo Zita—. Todo debe quedar en tu propuesta. Ya estará en manos de la Junta decidir. No creo que sean tan estúpidos como para no ver lo que les pongas ante sus ojos. Su deber es proteger a La Compañía y las inversiones de los accionistas.

—No es solo Francisco. Ocultar esta información es como un acto de magia en grande, David Copperfield desapareciendo el monumento a la revolución o la estatua de la libertad —explicó Cristóbal muy dado a las analogías—. No es solo el trabajo de una persona. Requiere un equipo completo, espejos, efectos de cámara. Y ante todo, requiere desviar la atención, la displicencia y falta de curiosidad del resto.

—¡Ándale! Eso quiere decir que el plan que diseñamos es lo menos importante —interrumpió Zita—. De nada servirá si no salimos de ese equipo de efectos especiales, los que han diseñado cuidadosamente el truco y los que lo ejecutan mes a mes.

—Pero se verá como una cacería de brujas. Una revancha hacia la administración actual. De la que yo hago parte y he sido cómplice. ¡Qué cómplice!, de la que yo he sido uno de sus cerebros. ¿Cómo hacerlo sin que yo deba pagar mi propia condena? Nunca he estado de acuerdo con los soplones que hacen acuerdos de rebaja de penas. Es un arrepentimiento ficticio. Es burlarse del sistema y de las víctimas. Es otro delito peor. La incapacidad de hacerse responsable.

Cristóbal tomó un tono introspectivo y continuó hablando:

—Híjole. Durante muchos años hice mal. Y lo sabía. Era cómodo pensar y actuar como ellos. Tampoco yo lo cuestionaba. No sentíamos que le hacíamos tanto mal al otro. Simplemente que le ganábamos el pulso. Que él otro no obtuviera un contrato no era malo para él. Nosotros ofrecimos más. Éramos más aventados. Después él nos ganaba en otra partida. Y así fue sucediendo con los demás eventos. ¿Alterar un número? No era un daño real a nadie. Era ganancia de tiempo. Nadie salía herido. Era un juego de largo aliento. Al final todos ganábamos. Dinero. Estatus. Reconocimiento. Poder. No perdíamos nada. Solo a nosotros mismos. Pero no lo notábamos. Es difícil tenerlo todo y no ser nada. ¿La solución? Dejas de pensar en quién eres y te defines por lo que tienes. Perder lo que tienes te hace despertar. Puede ser tarde. No sabes piloteare. No hay tiempo para aprenderlo. El accidente es inminente.

Zita no había escuchado a ese Cristóbal con capacidad de cuestionarse. Le gustó. Pero notaba nostalgia en su voz. En una fracción de segundo él cambió su tono y su estado de ánimo.

—Tú tienes que ver mucho en esto —Cristóbal se ríe—. He leído los escritos de tu época académica que me facilitaste. Siento que si queremos cambiar un avión en pleno vuelo, hay que apagar el piloto automático de todos. No hay tripulación y pasajeros. Todos somos tripulación.

—Sobre ese cuento de apagar pilotos automáticos tengo mis reparos

—dijo Zita para continuar en el nuevo tono que había puesto Cristóbal—. Ya no sé cuál de tus metáforas seguir. Prefiero la del truco de magia. La del cambio del avión en pleno vuelo ya está muy choteada. Ni siquiera la veo muy aplicable. Para La Compañía es más la de convertir un enorme barco carguero lleno de contenedores en un avión o en una nave espacial. Aunque sabes que esas analogías de máquinas no me gustan. Las empresas no son máquinas.

—No caigamos otra vez en esa discusión. Yo desvié la conversación, yo regreso al punto inicial. Los cambios no serán posibles sin una limpieza en la tripulación. Allí hay un grupo, en diferentes niveles, que se va a oponer férreamente a cualquier intento de cambio. Francisco, así esté pensionado, querrá seguir teniendo mucha influencia. Y tendrá adentro a varios que le seguirán el juego. José Luis y Guadalupe en el comité ejecutivo.

—Guadalupe es quien más me preocupa —dijo Zita— el perro fiel mayor. Todos tenemos un perro. Todos queremos mandar a alguien. Por eso quienes no tienen un humano a quien mandar, pues se buscan uno de cuatro patas. Incluso los más pobres, no tienen dinero para las tortillas, pero sí perro. Es su única forma de mandar. Cada cual tiene su perro. El secretario es el del presidente; Guadalupe es el de Francisco. Uno de muchos, pero el más peligroso.

—Debemos desnudar esas malas prácticas. No hay otro camino. Encontrar el máximo posible de información que los ponga en evidencia —dijo Cristóbal.

Yo puedo ayudarlos en esa búsqueda de información —dijo Pablo participando por primera vez en la conversación—. Ustedes no son expertos en temas tecnológicos. Sé cómo es la arquitectura y seguridad de la información de La Compañía. Puedo acceder a ella. Tengo los equipos y los contactos. Y ustedes quedan al margen. Es mi forma de contribuir.

—¿Por qué tú? No quiero que te involucres en esto. Podría ser peligroso —le reprochó Cristóbal.

—Tengo varias cuentas pendientes con algunos en La Compañía. Pero más que eso. Es tu sueño. Quieres cambiarla. Es tu redención. Déjame ayudarte —dijo Pablo dejando a Cristóbal sin posibilidad de defensa y aceptó la ayuda con un guiño de ojo.

—¿Qué hacemos después cuando tengamos la información? —preguntó Cristóbal.

—Hacerla llegar a la junta directiva —respondió Zita.

—¿Por qué no directo a tu padre? —contrapreguntó él.

—Podría decir que es el conducto regular. Que respetemos todo lo que he construido de gobierno corporativo y la línea ética. No es eso. No sé qué tan involucrado podría estar mi padre en esto. Me late que mucho —concluyó Zita.

Ibeth buscó apresurada a Jacobo. Encontró una publicación importante en el LinkedIn de Cristóbal. Se había resistido a dar de baja las redes sociales que ella administraba, solo les había cambiado los niveles de privacidad. Sabía que su jefa difícilmente verificaría si la tarea asignada había sido cumplida. No lo había revisado a detalle hasta ahora, Cristóbal nunca había publicado nada en ella, todo lo hacía Ibeth, con esta única excepción en el día de su muerte. Una breve nota que encabezaba un video corto. «Las historias de Instagram son efímeras. 24 horas pueden no ser suficientes. Un impulso me hace dejar este mensaje». En el video se ve sentado en el avión corporativo el día del accidente. En su mano un whisky y se alcanzaba a ver una botella de la que ya se había consumido un trago previo.

A punto de iniciar un viaje que traerá muchos cambios a La Compañía. Este último año, desde que quedé como uno de los dos candidatos a presidente, ha sido de inmensos aprendizajes. Enseñanzas que nos hacen crecer y también traen dolores. Hoy que la noticia es un hecho, no me queda sino darles las gracias a todos. Espero no me dejen solo en el camino.

En la imagen aparecía el enlace a un video en Youtube. Un par de comentarios anticipaban la imposibilidad de acceder al vínculo. Lo confirmó tras su propio intento. Después de todo, Cristóbal era un neófito en tecnología. Angélica hizo un algoritmo de búsqueda basado en la dirección errónea y otros criterios. Por arte de su magia y paciencia (una cualidad que se le da solo al frente de un computador) apareció la cara de Cristóbal en la pantalla.

Luego de ver el video, concluyeron que no podían generar otra crisis. Esta sería la peor de todas. Nuevamente acudieron a Zita. Ella, al verlos al borde de un colapso nervioso, hizo esperar unos minutos el inicio de la celebración de la primera posada en su piso y los atendió con toda la prioridad que sus caras requería. Y no fue para menos. Cristóbal aparecía sentado al lado de la ofrenda del día de muertos en su casa. Se alcanzaba a ver una foto de su padre.

Es mi voluntad que este video sea visto por todos en La Compañía. Como ejecutivo debemos tomar decisiones difíciles. Y esta ha sido la más difícil. O la más fácil. Qué importa. Es una más. La última.

La Compañía tiene inmensos retos hacia adelante. Mucho más difíciles de lo que podrían imaginar. Si no actuamos podría estar en riesgo, y con eso el empleo y la supervivencia de todos ustedes y de sus familias. Es un edificio a punto de colapsar. Es un avión en dirección a estrellarse. Los pilotos saben que la gasolina se acaba y ya tienen su paracaídas listo. Yo era uno de ellos.

Recientemente he sido víctima de chantaje de quienes eran mis aliados. Ya no estoy dispuesto a eso. Que salga lo que deba salir. Ya es tarde.

Hay una estrategia clara para salir de la crisis que nos hemos esforzado en ocultar. La Junta, en una decisión muy apretada, la aprobó. A pesar de haberlo hecho, estaba en el destino que yo no llegaría a ser su presidente. Y si lo hubiera sido, no habría tenido manos para actuar.

Para poderla llevar a cabo se requería una limpieza profunda, que me incluye a mí. En próximos días se va a destapar toda la suciedad. Se van a saber muchas cosas de La Compañía que me incluyen y de las que, ahora, no me siento orgulloso. Querrán enlodar mi imagen. Eso es fácil. Yo soy el primer responsable de haberlo hecho. Asumo la responsabilidad de mis faltas y omisiones y creo que debo pagar por ellas. Así como otros responsables. Pero no ustedes.

He decidido quitarme la vida. Como le escuché a alguien que aprecio mucho hace unos días. Solo perdiéndome pude encontrarme. El suicidio puede considerarse una decisión desesperada. Para mí es un acto de vitalidad. Muerto ya estaba. Desespero sería darme un disparo solo en mi departamento. Este ha sido un acto cuidadosamente planeado para dejar un mensaje. Creo que con mi muerte podré hacer más como presidente que lo que hubiera podido ser en vida.

No veo mi muerte como un acto de redención o de salvación. No he sido muy religioso. Lo veo más como un acto de control de daños y que le sirva a otros, a ustedes, para no morir en vida.

**Todos se quedaron sin palabras. Después de un silencio Zita dijo a un interlocutor que solo veía ella:**

—Cristóbal, en esta no te puedo apoyar. No lo podemos dar a conocer a toda La Compañía. No sería responsable. Es empezar otra revolución —dijo Zita y miró a Ibeth—. Es suficiente con la chingadera que armaste. Era lo que deseabas. Me late que más grande de lo que pensabas. Francisco y José Luis no están. Guadalupe hizo un acuerdo con la justicia. Cuarenta personas han salido despedidas de La Compañía y otras tantas están buscando salir. Estamos en investigación por diferentes entes gubernamentales. Se empieza una crisis en el gobierno que pondrá en riesgo hasta el presidente de la república. Es suficiente.

—¿A poco? Eso quiere decir que Cristóbal estaba también detrás de la información que se ha revelado en medios —dijo Ibeth conteniéndose para no revelar su relación con La Mancha.

—Eso parece —dijo Zita sin darle importancia a ese nuevo hallazgo.

**Mientras en La Compañía las cosas empezaban a calmarse, la atención se había desviado a los responsables en el Estado. Las fiestas de navidad y de fin de año fueron un bálsamo adicional para distraer la atención hacia otros temas.**

**Jacobo, poco dado a las celebraciones, seguía obsesionado con el caso. Se resistía a aceptar la muerte de Cris-**

tóbal como un suicidio unido a la ironía de un accidente aéreo y su mensaje final de apagar pilotos automáticos. Aún tenía dudas sobre el significado de los textos y las imágenes publicadas por Cristóbal. Sentía que había un cabo suelto, una pieza que faltaba, un enemigo oculto. Creía que había un mensaje más importante que no descifraban. Consiguió un mapa de la ciudad de México. Ocupaba toda la pared de la sala de su departamento. Allí ubicó los puntos asociados a las fotos: el edifico corporativo en Santa Fe, el museo de los niños en la zona de Chapultepec, el nuevo centro de distribución de La Compañía en Azcapotzalco, el monumento a Colón en el paseo de la reforma, la calle Amberes en la zona rosa y, finalmente, el aeropuerto Benito Juárez. Luego trazó con detalle la ruta seguida, según lo indicaba el GPS del vehículo. Escribió con su puño y letra los nombres de las calles que no aparecían en el mapa. Jugó con las palabras tratando de ver si constituían una oración lógica. Con tanto nombre de calles, pudo haber escrito un diccionario de lengua prehispánica, un santoral católico o un poema medieval. Camino sin salida.

Un par de días antes de la navidad, invitó a Angélica e Ibeth a su casa con la excusa de celebrar el fin de año y hacer un merecido cierre de su pequeña gran conspiración. Luego de un rato, dejo caer una cortina que ocultaba el mapa. Les contó sus teorías fallidas y les propuso dar una última mirada juntos. Jacobo, obnubilado, hacía todo tipo de conjeturas. Unió los puntos en el mapa con líneas rectas:

—La figura que hace es de una flecha —dijo Jacobo exaltado.

—¡Ahí no hay ninguna flecha! Son cuatro lugares que tenían significado para él. Solo eso —dijo Ibeth.

—¡No manches! Quizás tengas razón —dijo Angélica en tono de

burla poniendo puntos aleatorios en diferentes partes del mapa—. Y si adiciono este lugar en el sur que seguramente quiso visitar, pero no le alcanzó el tiempo, se crean los cuatro puntos cardinales. O este otro al oriente se forma el logo de La Compañía. Calma Jacobo, neta. Esto no es una novela negra de las que tanto te gustan o una serie de televisión. No todo tiene un mensaje o significa algo más. Esto es lo que hemos visto. No va más allá. Es un mensaje de despedida de Cristóbal queriendo, a la vez, hacer una invitación a todos que seguramente no va a ser escuchada. Ya la efervescencia pasó. La tuvimos en nuestras manos y no supimos qué hacer con ella. Quizás si hubiera estado en manos de conspiradores más calificados.

Una teoría final de Cristóbal llamó un poco más la atención. El mensaje del Monumento a Colón no seguía el mismo patrón de los demás. Encontraron algunos elementos comunes en todos, excepto en ese: selfies de Cristóbal, menciones o apariciones de empresas de La Compañía, una redacción elaborada, una pregunta para generar comentarios de la gente y una frase entre comillas. La del monumento tenía una redacción muy básica, una reflexión más introspectiva de Cristóbal sobre sí mismo, una foto tomada sobre la marcha del auto, ninguna propiedad cercana de La Compañía.

Parecía que había un guión preparado con alguien más, en el cual Cristóbal, ante el cambio del semáforo en la estatua, tuvo un momento de inspiración y decidió improvisar. Concluyeron que Cristóbal no había actuado solo. ¿Con quién?

Buscaron en Internet las frases en comillas en cada una de las cuatro palabras. Había de todo tipo de autores. Walt Disney, Brené Brown, Jean Paul Sartre, Paul Ricoeur. Jacobo recordó que Cristóbal era un lector asiduo de libros de administración. Algunas de las frases podrían ser parte de las lecturas que se encuentra un directivo apasionado de estos libros. Otras, estaban lejos de parecerlo. No encontraron ninguna conexión más allá de esto y decidieron hacerle caso a Angélica. Era hora de cerrar el tema y el año. Año nuevo, presupuesto nuevo, metas nuevas. Jacobo se dio por vencido. No quiso luchar más, aunque por dentro sentía que no estaba haciendo lo correcto.

Ibeth, al día siguiente aún se reía de lo sucedido. Le contó la historia y las hipótesis a Zita, quién después de reírse un rato, se quedó pensativa y le dijo a Ibeth mientras se humedecían sus ojos:

—Muy hábiles ustedes. Yo le ayudé a crear esos mensajes a Cristóbal. Fue un favor personal que me solicitó. Él eligió los lugares. Esas cuatro palabras se habían vuelto en los últimos meses una especie de ruta. Me dijo que quería publicarlas fuera presidente o no. No sabía qué traía entre manos. Jamás pensé que vitalidad, para él, tuviera ese significado tan macabro. No sabía de sus intenciones. Lo hubiera detenido. De plano.

Se dieron el abrazo anticipado de feliz año, Zita salía de viaje por unos días. Merecido después del cierre de año que ninguna empresa soñaría. Todo estaba en calma nuevamente. La Compañía estaba lista para resurgir. Siempre lo había hecho. Esperaba tenerle buenas noticias de su contratación a su regreso.

Ibeth le contó entusiasmada su conversación a Jacobo y Angélica, en especial, la ayuda de Zita a Cristóbal en los mensajes.

—Güey, teníamos razón, Cristóbal no actuó solo. Creo que Zita está más implicada que lo que le reconoció a Ibeth. ¿Será que es la gran arquitecta de este entramado? No me extrañaría, esa pinche vieja es brillante —dijo Angélica en sus acostumbradas hipótesis exageradas—. Retomemos la investigación.

—¡No! Por ahora no —dijo tajantemente Jacobo—. Esperemos hasta enero. Necesitamos descansar. Ahora en fin de año no debe pasar nada extraordinario. Una vez la junta elija presidente, creo que podemos tener más claridad de nuestros siguientes pasos... si es que debe haberlos. Me cae.

## *Capítulo XII*

## *Atrocidad*

Cristóbal llegó a la terminal aérea para su último viaje. Entró por un acceso privado directamente al edificio administrativo. Las ventajas de ser su operador tras una privatización reciente que hizo el gobierno de turno, luego de irse a pique la construcción del nuevo aeropuerto. La desgracia de unos es la oportunidad de nuevas corrupciones para otros.

Descendió de su vehículo personal, uno de los más económicos del mercado. Consecuencias de su nueva mirada de la vida. No alcanzaría a utilizar el flamante, extra costoso y blindado auto que le tenían destinado por su nuevo cargo. Y ¿para qué? Ni siquiera podría conducirlo. Políticas corporativas le obligaban a tener chofer y escolta. Antes de entrar al edificio se tomó una selfi frente al nombre del aeropuerto, abrió en su celular el archivo de notas con los textos escritos por Zita, copió el correspondiente a vitalidad, lo pegó en Instagram. La última publicación estaba hecha.

Se dirigió al hangar privado del avión ejecutivo al servicio de la presidencia de La Compañía. A pesar de la atareada jornada y el pesado tráfico, logró arribar una hora antes a la programada para el vuelo. Saludó a la tripulación brevemente para no interrumpirlos en sus preparativos. Ellos, bien informados, lo felicitaron por su nombramiento.

Guardó su maleta en un armario vertical en la parte delantera de la aeronave, luego de la cabina de pilotos. Se sentó en la espaciosa y cómoda silla, acercó la mesa auxiliar. Puso encima un frasco de pastillas, un cuaderno y una botella de whisky edición especial regalada por José Luis. Leyó la carta que la acompañaba con la formalización de su renuncia. El vice financiero cumplía el acuerdo que habían hecho.

Años atrás, La Compañía realizó el proyecto Crisálida, uno de esos rebuscados, a la vez comunes y a veces ridículos nombres que las empresas usan para sus transformaciones. En este caso, la creación de la oficina corporativa. La supra estructura de gobierno omnipresente que controlaría todas sus operaciones. Francisco, el flamante nuevo presidente ejecutivo, cumplió la promesa hecha a Cristóbal al momento de comprarle la empresa familiar y lo nombró vicepresidente de negocio, antesala a la vicepresidencia de operaciones creada posteriormente en una nueva reforma. José Luis y Cristóbal se encontraban en Zacatecas en algún viaje de trabajo cuando se dio la noticia del nombramiento. José Luis invitó al nuevo vice corporativo a celebrar, también para él era su propia fiesta. La fortaleza de su amistad se basaba en un equilibrio de egos, juicios mutuos, debilidades que se compensaban y secretos propios y compartidos.

La segunda botella de tequila llegaba a su fin e igual pasaba con una conversación que deambuló por todos los estados emocionales a medida que la sangre en sus venas se diluía en alcohol: mutuo elogio y admiración, reclamos de exceso de protagonismo y falta de ambición, consejos de moderación personal y riesgo empresarial y mensajes cifrados de atracción.

La voz de José Alfredo Jiménez cantaba en el fondo mientras los dos amigos improvisaban un inexistente karaoke, en una cantina casi vacía.

—Tómate esta botella conmigo y en el último trago nos vamos. Quiero ver a qué sabe tu olvido —cantó José Luis, abrazando a su amigo, a la vez que le reclamaba por el fin de su historia laboral juntos—. Esta noche no voy a rogarte, esta noche te vas de deveras.

 —Pero güey, no me voy ni de La Compañía, ni de la ciudad. Con el pinche tráfico del DF estamos a una hora de distancia. Hay muchas ideas y proyectos para trabajar juntos —respondió Cristóbal que ni lograba sostenerse de pie.

—No me estás entendiendo, cabrón, quisiera que me llevaras contigo. Hacemos buena pareja —refutó José Luis para seguir cantando—. Siempre caigo en los mismos errores. Otra vez a brindar con extraños… salucita.

José Luis se mandó un nuevo trago, el fondo de la botella quedó descubierto, tomó con sus dos manos la cara de Cristóbal y continuó la ranchera:

—Tómate esta botella conmigo y en el último trago me besas, esperamos no haya testigos por si acaso te diera vergüenza —la borrachera le hizo cerrar los ojos y no pudo ver que Cristóbal le dio un beso en la boca y un manotazo a la entrepierna.

El alcohol se evaporó por el calentamiento de la sangre y del cuerpo. José Luis se puso en actitud violenta y empujó a Cristóbal, quien cayó al piso sin darse cuenta que así evitó que un golpe lanzado por José Luis le rompiera la madre, según lo prometían sus gritos.

—¡Cabrón!, ¿qué estás haciendo? Te equivocaste conmigo. Yo únicamente estoy cantando. Ando pedo pero no puto —seguía gritando y lanzando golpes José Luis—. Bien me habían dicho que eras un pinche joto y me negaba a creerlo. Pendejo yo. Esto te va a costar Cristóbal.

De nada valieron los intentos de Cristóbal de arreglar las cosas o restarle importancia, escudándose en la borrachera. La homofobia de José Luis, unida a su ignorancia y ego lo llevaron a romper con la amistad, aunque mantener el secreto le servía a sus intereses. Se aprovechó de la culpa y le exigió interceder por su nombramiento como vicepresidente de finanzas corporativas, uno de los puestos con más poder en la nueva estructura. Cristóbal cedió; aun no estaba listo para salir del closet. Se preocupaba por su familia que estaba lejos de sospecharlo. Se angustiaba más por su imagen y carrera en riesgo de desmoronarse. Se sintió traicionado por quien consideraba su amigo. Con el tiempo entendió que su cuate había muerto años atrás, él mismo lo fue matando al tomar a ese pueblerino ambicioso y liberarle todo su potencial. Sus talentos para la ostentación, la corrupción, la falta de moral y la manipulación llegaron a su máxima expresión . Eso es lo que hace un buen líder, desarrollar a su gente, así después eso juegue en tu contra. Si eres destruido por tu propia creación, no dejes de sentirte orgulloso. El odio entre ambos fue creciendo con los años.

La mente de Cristóbal regresó del pasado a ocuparse de su escaso y, por lo tanto, valioso futuro. Tomó su celular y se hizo una selfi con la botella de whisky.

> Recibí tu carta de renuncia junto con el whisky. Tómate esta botella conmigo y en el último trago me dejas. Muchas cosas que hablar, ahora que te vas de deveras.

El último trago ya lo tuvimos. Por mí ya todo está hablado. Tú ganaste, ahora debes cumplir lo acordado. Aprovecharé alguna de las ofertas de trabajo que recibí en los últimos días.

> Es justo un nuevo aire. Lo hubiera querido para mí. Tenemos una cultura tóxica

Tienes razón. No todo está hablado, algo final. ¿Recuerdas la noche en Zacatecas? Yo planeé todo. Te manipulé para obtener lo que quería. No trai-

**cioné la amistad, nunca te consideré tal, siempre fue con un interés. Ya no vale la pena ocultarlo. No te estoy ofreciendo disculpas, solo quiero cerrar esta etapa de mi vida. Bye Compañía.**

Cristóbal estaba pensando su respuesta y la pantalla se iluminó nuevamente:

Este mensaje fue eliminado

*«Un capítulo más que se cierra. Este libro va llegando a su fin»,* pensó Cristóbal. Aún tenía un par de mensajes por enviar.

## Capítulo XIII

## Elegibilidad

Zita pasó el fin de año en Vancouver con su padre y su cuarta esposa, primera heredera de un principado europeo venido a menos. Una relación de conveniencia. Él ganaba un título nobiliario, lo único que le hacía falta, y ella el dinero para mantener los castillos y el respaldo de negocios para revivir el territorio. Casinos, paraíso fiscal, monedas virtuales, turismo sexual disfrazado de convenciones para empresas. Muchas posibilidades. Juntos regresaron en su avión privado para que él asistiera a la Junta donde se definiría el nuevo presidente de La Compañía. Su candidato: él mismo. Zita tenía las siete horas de vuelo para convencerlo de otra opción. Iniciando el viaje, partió una rosca de reyes y sirvió chocolate caliente. Él hubiera preferido un whisky para todo lo que tendría que escuchar.

—¿Y qué hubiera pasado si el elegido hubiera sido José Luis? —preguntó su padre después de escuchar la inverosímil explicación de todo lo sucedido.

—Tú no hubieras dejado que eso pasara. Te reservaste un derecho a veto.

—Ninguno de los dos me gustaba. José Luis era un pendejo obediente sin criterio propio. Cristóbal ya no era el mismo durante el último año. Ahora tú me sales con que estaba enfermo. Debió haberlo dicho. Es falta de lealtad.

—Es sencillo padre, trataré de explicárselo de modo que usted me entienda —dijo Zita tratando de ser comprensiva—. Necesitaba demostrarle que estaba calificada para ser presidente de La Compañía.

Me hice una promesa. Si lograban descifrar la muerte de Cristóbal y las pistas del recorrido al aeropuerto, querría decir que había alguien más inteligente que yo y me haría a un lado.

—El crimen está resuelto. Nunca hubo un crimen. Cristóbal se suicidó por su enfermedad. No quería sufrir como lo hizo su viejo.

Zita tomó su celular y le enseñó un video a su padre. Era de una cámara ubicada en la parte posterior de la cabina de pasajeros en el avión corporativo accidentado. El mismo ángulo de las fotos de la primera entrega de Jacques que ocasionó la salida de José Luis. Se observa cómo le sirven la cena indicándole que es una atención de Guadalupe. Toma de la mesa auxiliar un pequeño frasco plástico. La pastilla de cianuro, toma una y la deja a un lado. Da unos primeros bocados a la comida y empieza a respirar agitado. Dice con voz calmada "esta mierda tiene ajo. Empezó la alergia". Se suelta el cinturón. Toma la pastilla en su mano. Empieza a buscar con más desespero algo en su maleta de viaje, toma un pequeño maletín de mano. No se logra ver bien por la posición de la silla. Se pierde Cristóbal del cuadro de la imagen. En ese instante el avión empieza a descender bruscamente. Cristóbal cae y se golpea con el brazo de la silla en su cabeza.

—No entiendo, no sirve de nada, sigue sin dejar claridad de la muerte de Cristóbal. Ese maletín puede ser la inyección para su alergia. Siempre la llevaba consigo. Aunque en todos los restaurantes advertía de ella, no en todos eran cuidadosos —dijo el dueño entre escéptico y sorprendido por las imágenes.

—No importa cómo murió Cristóbal. Pudo haber sido por ahogamiento de la alergia y no alcanzó a ponerse la inyección. O se tomó la pastilla de cianuro. O el golpe en su cabeza fue suficiente. O un infarto por el descenso abrupto y su susto a volar. O el impacto. O si el maldito piloto quería suicidarse por haber asesinado accidentalmente a Cristóbal. Qué importa la causa. Nunca es una sola. ¿Quieres un diagrama causa— efecto? Es clara su intención de suicidio. Lo dice en el mensaje que dejó. Lo que no se resolvió es qué o quién lo condujo al suicidio. La causa raíz. Para mí es el motivo. La diferencia es simple: la primera es lógica y racional, el otro es psicológico y emocional. Estuvieron muy cerca de resolverlo, pero no lo lograron. De nada sirvieron las pistas que dejé.

El dueño jamás se habría imaginado esa capacidad maquiavélica en su hija. Sintió una mezcla de envidia y orgullo. Zita siguió su argumento y empezó una disertación más filosófica. Le pidió paciencia a su padre que era de discursos y atención corta.

—El *management* se cree ciencia, pero está distante de serlo. Y en su búsqueda prefirió tomar el camino fácil. El de las ciencias puras. Las respuestas únicas. El método científico. Eso fue válido por mucho tiempo, o no tan erróneo. En la muerte de Cristóbal quisieron buscar una causa externa. Accidente. Pastilla. Nunca miraron el componente humano y su complejidad. Una causa y no el motivo. El *management* es una ciencia social. Las empresas no son una máquina, pero tampoco son un ecosistema, un bosque lleno de bichos y fotosíntesis. Las empresas son sistemas humanos. Con todas las complejidades que tenemos los homo sapiens. Pensamos y sentimos. Y sí, un poco de máquina y un poco de bosque. Los humanos somos complejos, incoherentes, emocionales y contradictorios.

Después de una breve turbulencia que alcanzó a asustarlos, siguió hablando:

—Esas cuatro palabras: curiosidad, vulnerabilidad, autenticidad y vitalidad fueron el eje de un artículo indexado que escribí en la Universidad de Chicago. Bastaba con poner las cuatro palabras en Google y lo hubieran encontrado. Se lo hice llegar a Cristóbal. Se enamoró de él. Se sintió identificado para el proceso que traía con su enfermedad. En los textos que acompañaban a cada palabra, había citaciones de autores que he mencionado en artículos o que he admirado o rechazado. Brown, Sartre, Ricouer, Sennet. Hasta mi odiado Disney. Puse las más sonoras y fáciles de encontrar en Internet. Por romanticismo, o estupidez, Cristóbal se salió del libreto y publicó esa horrible foto y texto en el Monumento a Colón. Era demasiado evidente que ese texto era inconsistente con los otros. Eso puso a dudar a Ibeth, una empleada mía que estuvo cerca de encontrarlo todo. Tuve que despedirla para impulsarla a seguir buscando. Les faltó curiosidad. Les faltó entender todo el juego.

—Entendí menos de la mitad de lo que me dijiste. Pero igual, son bonitos argumentos que no conducen a nada. Soy de negocios. Dame hechos. Si así serán tus informes como presidenta, no vas a tener mi voto. Sigo sin entender qué lo llevó a suicidarse. Para mí sigue siendo la enfermedad —dijo su padre empezando a distraerse con las figuras que hacían las nubes.

## Ella continuó hablando mientras bajaba la pestaña de la ventana

—Disculpa, es para mostrarte otro video. Necesito oscuridad para que se vea mejor.

—Otro video, ¿qué le pasa al mundo ahora? Todo queda registrado. Júrame que no estás grabando esta conversación —dijo el dueño.

—Deja la paranoia. Este es tu avión.

—A propósito, si tuviste que ver con esto, me debes un avión.

Zita no le respondió, pero se permitió este pequeño contrapunteo. Conocía a su padre y era una forma de recuperar su atención. La pérdida del avión no estaba planeada, fue un daño colateral. Dio inicio al video. Sucedía en el avión estrellado. Era el regreso de un viaje de Zita y Cristóbal juntos a Chiapas. Se habían reunido con el gobernador para definir la apertura de una primera planta en el estado. Cristóbal había estado especialmente parco y sombrío durante el viaje.

—Te veo decaído y de mal ánimo. ¿La ruptura con Pablo? —pregunta Zita en la imagen.

—No. Hay algo importante que debemos hablar. Lo había tenido callado durante el año.

—Cuéntame.

—En unos pocos días será el día de muertos. Jamás lo había sentido tan cerca —empezó Cristóbal con la mejor analogía que se le vino a la cabeza—. Tengo una enfermedad terminal. La vida es irónica. Lo supe por los mismos días que me notificaron ser finalista del *reality*. No es lo que te imaginas. Aunque pudo haber sido. Estuve expuesto a cualquier enfermedad de transmisión sexual. Tuve parejas ocasionales que murieron de SIDA. No me cuidaba. ¿Creía que era invencible o quería morir? No lo sé. Pero no es eso. Tengo la misma enfermedad de la que murió mi padre. Cáncer en la columna.

## Se sirve un whisky y continúa diciendo:

—Un whisky es la bandeja de salida para los problemas del día. Necesitaría toda la producción de Escocia en este momento. ¿Qué pasa cuando la columna está mal? Todo se derrumba.

—¿Es tratable? —preguntó Zita.

—Eso estuvimos haciendo durante este año. Aquí y en mis viajes a Boston. Solo lo sabían mis hijos. No fue posible. Quedan unos pocos meses de vida. Es demasiado irónico.

—¿Por qué lo dices? —preguntó Zita.

—Sucede cuando mi sueño de ser presidente está por cumplirse. Cuando ya no lo veía como un tema de grandiosidad, sino de servicio. De poder hacer algo diferente. Lo que hemos soñado juntos. A pesar de las discrepancias. De nada sirvió cambiar hábitos y formas de ver el mundo —dijo Cristóbal con melancolía.

—¿Pablo lo sabe?

—No. No quiero que esté conmigo por lástima. Apenas hace unos días dejé que él terminara la relación por el chantaje de Francisco. Cree que así me ayuda a cumplir mi sueño. Siente que es su condena temporal por cobrar venganza. Piensa que ya con nuestro plan avanzando podremos volver. Sería bonito.

—¿Qué piensas hacer con tu nominación? ¿Quieres renunciar? —pregunto Zita mientras pensaba que su plan se iba a la basura.

—José Luis no es el presidente que requiere La Compañía. En caso que yo sea el elegido quisiera aceptarlo. Así sea solo por unos meses.

—El estrés del cargo podría deteriorar aún más tu salud. Quizás no son meses, solo semanas o días ¿Y apenas mueras qué? ¿Crees que sería justo con La Compañía y con las ideas que hemos construido juntos?

—Mi padre sufrió mucho en la etapa final de su cáncer. Los dolores eran terribles. No me gustaba verlo así. Yo estoy dispuesto a padecerlo.

—¿Te puedo preguntar algo y no te ofendes? Es solo una hipótesis. —dijo Zita ganando tiempo. Su cerebro le había dado un plan contundente. Ahora sí era una ejecutiva mostrando sus aptitudes bajo presión e incertidumbre. Estaba lista para el cargo.

—Claro que sí.

—¿Qué pasaría si usamos tu muerte como un símbolo?

—No entiendo —dijo Cristóbal cediendo ahora el control de la conversación a ella.

—Me parece absurdo que sufras. Deja esa mierda de pagar una condena. Suficiente será con tu deceso. Puedes tomar control de tu muerte ya que sientes que no tuviste control de tu vida, según tus palabras. Mira lo que te está pasando. Estás a punto de ser historia. Hazlo a lo grande. La vida no depende de nosotros. La vida es algo que tenemos. Está a nuestra disponibilidad. Como cualquier posesión. Podemos deshacernos de ella.

Cristóbal estaba confundido. Así le pasó a lo largo de todas las conversaciones que tuvieron planeando su estrategia. O la de ella. En algún momento pasó a ser más la de ella. El video seguía mostrando a Zita cada vez más emocionada:

—Podemos hacer que tu muerte abra una investigación, usar toda la información que Pablo ha recopilado. Hacerla pública de otra manera. Hoy con tantas filtraciones, se la hacemos llegar a un medio. Ya sé: la enviamos a algunas personas que definamos y que ellos la publiquen o hagan la denuncia. Lo hacemos en varios envíos. Si no funciona, un envío anónimo a Carmen Aristegui.

Para dar la puntada final, le hizo una pregunta:

—¿Qué pasaría si no lo hicieras? Si no hubiera suicidio. Si fueras presidente con tu enfermedad. ¿Las cosas alcanzarían a cambiar?

—Creo que no —dijo Cristóbal haciéndose a la idea y eso lo evidenció en su siguiente pregunta:

—¿Y cómo podría ser la muerte? ¿Mi muerte?

—Eso ya son detalles. Y creo que te corresponde más a ti definirlo. Mi única sugerencia: debe ser memorable.

Zita detuvo la reproducción del video; no mostró la parte donde lo convence de regresar con Pablo. No debía estar solo en sus últimos días. Ya había sufrido bastante por reprimir su orientación sexual. ¿Qué sentido tenía volver a hacerlo? Ella tenía real cariño por Cristóbal, su incitación al suicido la sentía como una ayuda mutua. No quería verlo sufrir y deteriorarse. Quería que sus sueños se cumplieran, así fuera de manera póstuma. Pablo le serviría después para ser Denis Jacques, el consultor de Kilpatrick, un nombre creado por ella para hacer homenajes y dejar las pistas que nunca se encontraron. Una pista para expertos. Sin dejar hablar a su padre, dijo:

—Cristóbal tenía muchos temores, quiso despertar pero le dio miedo. Elevar su conciencia no era posible. No iba a liderar el tema. Empezamos soñando esto juntos. Vinieron sus temores y su enfermedad. Lo convencí de hacerlo por la causa. Muy borgiano.

—¿Muy qué?

—No importa padre. Él se entusiasmó con la idea. Tuvimos discrepancias. Él se volvió idealista, o más que eso, poco profundo. Cristóbal quería despertar a todos. Hacerlos responsables de sí mismos. Esas cuatro palabras son mi tesis para despertar a un nuevo capitalismo. Un capitalismo consciente selectivo. La revolución que se estaba saliendo de control me demostró que es irresponsable despertar a todos. Basta hacerlo con los que diseñan el sistema, los que construyen el algoritmo, los arquitectos del modelo. Unos pocos. Ellos deben tener un nivel mayor de evolución. Al resto, hay que crearles un espacio donde sientan que tienen el control, crean que deciden. Y sí lo hacen, pero entre unas opciones que les damos. Se sientan felices. Gracias a la tecnología y a la información. El nuevo petróleo. Y nosotros debemos ser esa gran refinería y convertirla en productos que sigan haciendo crecer a La Compañía. Para eso debemos reinventarnos. Necesitábamos este remezón para resurgir. Las personas pasan, las compañías permanecen.

Aunque su padre seguía sin entender mucho de lo que

Zita decía, tenía la intuición para reconocer una buena jugada. Así había sido toda su vida. Sabía que La Compañía no iba bien, pero sentía que ya no tenía la energía para liderar un cambio tan profundo, ni sabía en qué consistía ese cambio. Hasta ese momento. Ella lo convenció. Su propuesta a la junta ahora sería que Zita sea la nueva presidenta. Ser la Señora Compañía.

—¿Pero cómo vas a convencer a la junta? No eres el único voto, el gobierno corporativo impide que alguien de la familia sea presidente.

—Aún tienes mucho que aprender. Seré un buen mentor para ti. Tú misma te encargaste de eso y no te diste cuenta. Con todo lo sucedido, la acción de La Compañía está por el suelo, nuestros socios inversionistas están dispuestos a vender. Están deseosos de ceder el control y yo de retomarlo. A la chingada los gobiernos corporativos y los accionistas minoritarios. Las empresas son una familia y deben quedar en familia, con todos sus defectos. Mira la traición del desgraciado de Francisco. Si eso pasa entre nosotros, hay un lazo de sangre y códigos para resolverlo. En el orden del día de la reunión de hoy está en primer punto la propuesta de recompra de acciones. Superado ese escollo, serás la nueva presidenta de La Compañía. Nuestra más grande caída se convierte en nuestra más grande victoria. El regreso triunfal. Más fuertes. Más sólidos. Más inteligentes.

El avión sobrevolaba el DF (aún no me es posible decirle CDMX). Su aeropuerto es de los de mayor tráfico en el mundo, al igual que sus calles. Aterrizajes cada dos minutos. Zita venía hablando con su padre de sus ideas para el futuro de La Compañía. Destapó una botella de champaña para celebrar. En ese momento, se activó la alarma de turbulencia por la cercanía al Airbus A330 que le antecedía en la fila de aproximación a la pista de aterrizaje.

**Epílogo.**

*Ipseidad*

No, no hubo un accidente fatal, sería un final predecible. Fácil. En esos segundos de alerta, Zita sintió en su cuerpo el temor de Cristóbal. Entendió cómo se aprovechó de su oculta fragilidad. Recordó la carta que le entregó antes de salir para el aeropuerto en el viaje final. Quiso salvarlo. Quiso salvarse. Nadie lo sabría. Buscó en su celular el chat con él. La misma última foto enviada al chat de todo el equipo. Cristóbal con un *whisky* en la mano. Al fondo una botella de edición especial y debajo, evidente solo para ella, la carta que le escribió. El mensaje para Zita era diferente:

> Seguimos adelante. Tú sigue adelante. No fui muy consciente de escribir mi historia. Yo decido mi final. Con tu historia, haré que tenga sentido.

No habían pasado dos meses desde el accidente y pensó que era alguien muy diferente. Sus compañeros de la universidad no la reconocerían. Su esposo prefirió aceptar una pasantía en Alemania, profundizando en el método científico y en las respuestas únicas que a ella ya no le hacían sentido. Por allí empezaron las fisuras de su matrimonio. Él tuvo la razón, la transformación de La Compañía apenas iniciaba y ella ya había cambiado totalmente. Las reiterativas alertas de Joaquín en los últimos meses dejaron de generar diálogos, pasaron a gritos que querían imponer posiciones y terminaron en silencios de desinterés por el pensamiento del otro.

Quizás para esos mismos días Cristóbal estaría muerto a causa de su enfermedad, si hubiese aceptado la petición de Zita de no morir en el avión. Su vuelo aterrizó y ella empezaba a hacerlo también. Unas horas y muchos millones de dólares después, era oficialmente la nueva presidente de La Compañía. Sintió miedo y algo de vergüenza.

Unas semanas después del nombramiento de Zita, Jacobo ponía las últimas piezas del rompecabezas más complicado que había hecho. Los últimos meses le permitieron entender que era mejor ser quien armaba el rompecabezas a ser solo una pieza de él. La metáfora se le quedaba corta. Ahora los sentía aburridos. La subida de adrenalina que experimentó durante la investigación de la muerte de Cristóbal solo era superada por el cortisol (hormona que produce el estrés) y la angustia de tener la imagen completa y fingir siempre ir un paso atrás para asegurar el éxito del *performance*. Buscó en su celular la foto que Cristóbal le había enviado desde el avión antes de su fatídico viaje. Una carta escrita a mano, firmada por Zita:

La culpa y la vergüenza son cobardes. Preferí escribirte, aunque tuve diferentes oportunidades para hablarlo. No sé ni por dónde empezar. (Una de esas frases que se escriben para ganar tiempo). Perdona el desorden de mis ideas. Las expresaré como salgan. Varias veces te mencioné, creo, que soy una lectora apasionada de Borges. No es así. Me gusta el sentido y giro de sus historias, pero su desarrollo se me hace complicado de leer. Quisiera que mi vida fuera uno de sus cuentos y en algún momento irrumpiera un final inesperado, una doble historia que siempre estuvo ahí, un narrador que me hace evidente que solo soy un personaje. Eso hice contigo. Fui Borges. Fui James Alexander Nolan. Fuiste Fergus Kilpatrick. O en eso te convertí. Sé que no me entiendes. Un cuento suyo que se llama «Tema del traidor y del héroe», ojalá pudieras leerlo. A un traidor, condenado a muerte, lo convierten en héroe para crear una revolución. Es asesinado en un teatro: la obra no estuvo en el escenario. Solo ahora me doy cuenta mi incoherencia. Serás héroe, pero no fuiste traidor. Fui yo. Te traicioné a ti, me traiciono a mí. ¿Evolucionar las ideas es traicionar? No sé si pueda crear una revolución. No sé si quiera crearla.

*Jacques el fatalista* es un libro de Denis Diderot, compilador y, en mucha parte, escritor de La Enciclopedia francesa. Siempre me llamaron la atención los dibujos que acompañan la descripción de las rutinas en la industria y oficios. Richard Sennet lo expresó muy bien en *La corrosión del carácter*, grabados de líneas elegantes para «justificar la dignidad intrínseca del trabajo rutinario». Sí. Me di el trabajo de buscarlo textual para explicártelo. Te lo debía. Diderot fue un adelantado, hoy dibujaría cualquiera de nuestros pisos de oficinas, llenos de personas felices que no piensan, pero creen que lo hacen, somos arquitectos de sus decisiones y de su libre albedrío. Ahí estuvo nuestro principal desencuentro. Quisiera que tú tuvieras la razón. Despertar a todos. En una empresa grande no es así. Es potencialmente peligroso. Conciencia, en un espacio confinado, sin posibilidad de expansión es la revolución que no logro ver. ¿Tú sabes cómo se crea un bonsái? La semilla de un gran árbol crece en un recipiente pequeño, no en campo abierto. Ella, sin saberlo, se ajusta. Eso es lo que hacemos como líderes con nuestros empleados. Podemos crear un recipiente más grande donde crean que son libres, pueden elegir en un ambiente controlado. Es lo que hacen hoy los algoritmos. Es lo más responsablemente humano que podemos hacer. Crecer en campo libre es como abandonar una mascota en una selva. No están listas para eso. Se requerirían generaciones de evolución. Un lujo que las empresas no pueden darse.

Otra vez me estoy justificando. Es irónico decir que diseñar tu muerte me ha hecho sentir viva. Fuiste mi bonsái. Te construí un recipiente más grande donde tú crees que decidiste tu muerte. Yo la induje. Es una forma muy dolorosa de tener la razón. Yo no era así. O lo era y no había aflorado. No es sino ver a mi padre. ¿El hombre nace bueno y la empresa lo corrompe? ¿O la empresa nace buena y el hombre la corrompe?

Denis Diderot. *Jacques el fatalista*. Fergus Kilpatrick. Denis Jacques, empleado de Kilpatrick. El perfil falso de LinkedIn creado por mí, Zita, la fatalista. Un pequeño homenaje y a la vez un reto para unos pocos elegidos. ¿Qué pasa si nadie más acepta a Denis como contacto? Hasta hoy solo Jacobo lo ha hecho. Espero que tu intuición funcione con él.

Cristo, tengo miedo de que este plan no funcione, me angustia el tipo de ser humano en el que puedo convertirme, ¿podré cambiar la compañía antes que ella me cambie a mí? Este plan puede fallar por muchas partes. ¿Amerita el riesgo? Puedes enviar todo esto a la mierda, puedes desistir de esta idea absurda y lo entenderé. Más que eso. Quisiera que lo hicieras. Podemos probar tu hipótesis. Tú solo querías que la gente se haga cargo de escribir su propia historia. Se haga cargo de sí mismo. Sería una quinta palabra: curiosidad, vulnerabilidad, autenticidad, vitalidad e ipseidad. Debe haber una palabra más fácil. Podemos buscarla juntos.

El chat que acompañaba la foto fue el último mensaje de Cristóbal:

**En estos meses conocí tu afición por los rompecabezas. También aprendí que eres más inteligente y estratégico que yo. Es hora de demostrarlo.**

**Esta puede ser la pieza que te ayude a entender un rompecabezas que no quiero que finalices. Déjalo que se arme solo, pero asegúrate que lo que construimos juntos siga adelante.**

**Zita es la clave, déjala creer que tiene el control. Lleva al show al extremo para que ella deba revalidar sus teorías.**

Jacobo borró la foto. Ya no la necesitaría. También borró toda la información que había recopilado para su rompecabezas, los escritos académicos de Zita, los cuentos de Borges, las búsquedas en Internet de Paul Ricoeur y Jean Paul Sartre, su edición digital de *Jacques El Fatalista*. Podría retomar sus lecturas de trabajo sobre complejidad e incertidumbre en el mundo empresarial. Ahora las leería con otros ojos. A partir del día siguiente sería el nuevo vicepresidente corporativo de transformación. Zita le propuso liderar el vuelco que le quería dar a La Compañía. Empezaba un nuevo *reality,* ahora bajo sus condiciones. Aprendió las lecciones de sus temores y errores recientes. Tenía más preguntas que respuestas. Era consciente de su vulnerabilidad y de sus talentos. Se había hecho cargo de su propia historia. Esencial para un buen líder.